D1558831

# LE CERF-VOLANT

## DE LA MÊME AUTEURE

LA TRESSE, *roman*, Grasset, 2017 ; Livre de Poche, 2018.
LES VICTORIEUSES, *roman*, Grasset, 2019 ; Livre de Poche, 2020.

Albums Jeunesse

LA TRESSE OU LE VOYAGE DE LALITA, illustrations Clémence Pollet, Grasset Jeunesse, 2018.
LES VICTORIEUSES OU LE PALAIS DE BLANCHE, illustrations Clémence Pollet, Grasset Jeunesse, 2021.

LAETITIA COLOMBANI

# LE CERF-VOLANT

*roman*

BERNARD GRASSET

PARIS

ISBN 978-2-246-82880-8

*À Jacques*
*Aux enfants du désert du Thar*

*À ma mère,*
*qui a passé sa vie à enseigner*

*À la mémoire de Dany,*
*partie rejoindre les cerfs-volants dans le ciel*

« *Ne marche pas devant moi, je ne te suivrai peut-être pas. Ne marche pas derrière moi, je ne te guiderai peut-être pas. Marche à côté de moi et sois simplement mon amie.* »

Albert CAMUS

« *Le malheur est grand, mais l'homme est plus grand que le malheur.* »

Rabindranath TAGORE

# PROLOGUE

*Village de Mahäbalipuram,*
*district de Kanchipuram,*
*Tamil Nadu, Inde.*

Léna s'éveille avec un sentiment étrange, un papillon dans le ventre. Le soleil vient de se lever sur Mahäbalipuram. Il fait déjà chaud dans la cahute adossée à l'école. Selon les prévisions, la température devrait avoisiner les 40 degrés au plus fort de la journée. Léna a refusé d'installer l'air conditionné – les habitations du quartier n'en sont pas équipées, pourquoi la sienne ferait-elle exception ? Un simple ventilateur brasse l'air suffocant de la pièce. La mer toute proche n'offre qu'un souffle chargé, une haleine fétide où l'odeur âcre de poisson séché corrompt celle des embruns. Une rentrée caniculaire, sous un ciel de plomb. C'est ainsi dans cette région du monde, l'année scolaire commence en juillet.

Les enfants ne vont pas tarder à arriver. À huit heures trente précises, ils passeront le portail, traverseront la cour, s'élanceront vers l'unique salle de classe, un peu gauches dans leur uniforme flambant neuf. Ce jour, Léna l'a attendu, espéré, mille fois imaginé. Elle songe à l'énergie qu'il lui a fallu déployer pour mener à bien ce projet – un projet fou, insensé, né de sa seule volonté. Comme une fleur de lotus sort de la vase, la petite école a fleuri, à la périphérie de cette ville côtière que d'aucuns nomment encore village – des milliers de personnes s'entassent ici, au bord du golfe du Bengale, entre les temples ancestraux et la plage où se mêlent indifféremment vaches, pêcheurs et pèlerins. Avec ses murs peints et sa cour déployée autour d'un unique arbre, un grand banyan, la bâtisse n'offre rien d'ostentatoire, se fond humblement dans le paysage. Nul ne peut deviner que son existence relève du miracle. Léna devrait se réjouir, accueillir cet instant comme on célèbre une fête, une victoire, un accomplissement.

Pourtant, elle n'arrive pas à se lever. Son corps est lourd, plombé. Cette nuit, ses fantômes sont revenus la hanter. Elle s'est tournée maintes fois dans son lit, avant de sombrer dans un sommeil de surface où se sont entremêlés présent et passé – elle a revu ses rentrées d'enseignante, avec leurs lots de fiches à remplir, de listes de fournitures, de cours à préparer. Elle aimait l'effervescence de la reprise après les longues vacances d'été. L'odeur des protège-cahiers lisses et neufs, les crayons, les feutres venant gonfler le cuir souple des trousses, les agendas immaculés, les tableaux fraîchement nettoyés lui procuraient une indicible joie, la certitude réconfortante d'un éternel recommencement. Elle se revoit à la maison, dans les couloirs du collège, active, empressée. Le bonheur était là, tapi dans ces infimes instants du quotidien, dont la régularité lui offrait le sentiment d'une existence immuable, protégée.

Qu'elle paraît loin, sa vie d'alors. À l'évocation de ces souvenirs, Léna se sent glisser dans un océan d'angoisse dont elle ne sait comment se libérer. Le doute l'assaille soudain. Que fait-elle ici, au fin fond du sous-continent indien, à des années-lumière de chez elle ? Quel étrange caprice du sort l'a menée dans ce village au nom imprononçable où rien ne l'attendait, où l'existence est aussi âpre et rugueuse que les mœurs de ses habitants ? Qu'est-elle venue chercher ? L'Inde l'a dépossédée de ses repères comme de ses certitudes. Dans ce monde nouveau, elle a cru dissoudre sa peine — humaine tentative, pauvre rempart qu'elle a voulu opposer au malheur, comme on construit un château de sable au bord d'une mer déchaînée. La digue n'a pas tenu. Le chagrin la rattrape, lui colle à la peau comme ses vêtements trempés dans la moiteur d'été. Il lui revient, intact, en ce jour de rentrée.

De son lit, elle entend les premiers élèves approcher. Ils se sont levés tôt, fébriles — de cette journée, ils se souviendront toute leur vie. Ils se bousculent déjà en entrant dans la cour. Léna est incapable de bouger. Elle s'en veut de cette désertion. Faillir maintenant, après s'être tant battue… Quelle déconvenue. Il en a fallu du courage, de la patience et de la détermination dans cette entreprise. Créer les statuts, obtenir les autorisations n'a pas suffi. Dans sa naïveté tout occidentale, Léna s'était figuré que les habitants du quartier s'empresseraient d'envoyer leurs enfants à l'école, trop heureux de leur offrir l'éducation que la société leur avait jusqu'alors refusée. Elle ne s'attendait pas à devoir déployer tant d'efforts pour les convaincre. Du riz, des lentilles et des *chapatis*[1] furent ses meilleurs alliés. Ici ils seront nourris, a-t-elle promis. Des estomacs remplis, un argument de poids pour des familles souvent nombreuses et affamées – dans le village, les femmes ont jusqu'à dix ou douze enfants.

Pour certains, la négociation s'est révélée plus ardue. *Je t'en donne une mais je garde l'autre*, a répondu l'une des mères en désignant ses filles. Léna a vite compris quelle triste réalité se cachait sous ses mots. Ici les petits travaillent comme leurs aînés, ils sont source de revenus. Ils triment dans les moulins à riz, dans la poussière et le bruit assourdissant des broyeurs, dans les ateliers de tissage, les sites de briques à four, les mines, les fermes, les plantations de jasmin, de thé, de noix de cajou, les verreries, les usines d'allumettes, de cigarettes, les rizières, les décharges à ciel ouvert. Ils sont vendeurs, cireurs de chaussures, mendiants, chiffonniers, ouvriers agricoles, tailleurs de pierre, conducteurs de vélos-taxis. Si Léna le savait en théorie, elle en a pris toute la mesure en s'installant ici : l'Inde est le plus grand marché de main-d'œuvre enfantine au monde. Elle a vu des reportages sur ces manufactures de la *Carpet Belt*,

---

1. Pains traditionnels indiens sans levain.

dans le Nord, où les enfants sont enchaînés aux métiers à tisser et travaillent jusqu'à vingt heures par jour, toute l'année. Un esclavage moderne qui broie les couches les plus pauvres de la société. La communauté des Intouchables est la principale concernée. Jugés impurs, ils sont asservis depuis la nuit des temps par les castes dites supérieures. Les plus jeunes n'échappent pas à la règle, contraints de seconder leur aînés dans les tâches les plus ingrates. Léna a vu des enfants, au fond des cahutes du village, rouler des *beedies*[1] entre leurs doigts fluets de l'aube jusqu'à la nuit tombée. Bien sûr, les autorités démentent ces pratiques : officiellement, la loi interdit le travail des mineurs de moins de quatorze ans, mais elle prévoit une exception notable « s'ils sont employés dans le cadre d'une entreprise familiale »... Une petite clause qui concerne la majorité des enfants exploités. Quelques lignes, pour des millions de gosses à l'avenir amputé. Les filles sont les premières victimes de ce travail forcé. Contraintes de rester à la maison, elles s'occupent de leurs frères et sœurs, cuisinent, vont chercher de l'eau, du bois, font le ménage, la vaisselle, la lessive, tout au long de la journée.

Face aux parents, Léna n'a pas démérité. Elle s'est lancée dans d'invraisemblables pourparlers, jurant de rembourser en riz l'équivalent du salaire de chaque enfant, afin de combler le manque à gagner de la famille. L'avenir d'un gosse contre un sac de riz, un étrange marchandage

---

1. Cigarettes de tabac roulé dans des feuilles d'ébène de Coromandel.

17

auquel elle s'est livrée sans scrupule. Tous les moyens sont bons, s'est-elle dit. Dans la lutte pour l'éducation, tous les coups sont permis. Elle s'est révélée têtue, farouchement obstinée. Et les enfants sont là, aujourd'hui.

Inquiet de ne pas la voir dans la cour, l'un d'eux s'avance vers la cahute aux rideaux fermés – tous savent qu'elle habite ici, dans cet appendice de l'école qui lui sert à la fois de chambre et de bureau. Il doit penser qu'elle n'est pas réveillée et tambourine à la porte, en criant l'un des seuls mots d'anglais qu'il ait appris : « *School ! School !* » Et ce cri soudain est comme un appel, un hymne à la vie.

Ce mot, Léna le connaît bien. Elle lui a consacré vingt ans. D'aussi loin qu'il lui en souvienne, elle a toujours voulu enseigner. *Plus tard, je serai maîtresse*, affirmait-elle enfant. Un rêve ordinaire, diraient certains. Son chemin l'a pourtant menée loin des sentiers battus, jusqu'à ce village du Tamil Nadu, entre Chennai et Pondichéry, dans cette cahute où elle est allongée. *Tu as le feu sacré*, avait dit l'un de ses professeurs à l'université. Si Léna reconnaît que ces années d'enseignement ont érodé son ardeur et son énergie, ses convictions restent inchangées : l'éducation comme arme de construction massive, elle y croit.

« *Les enfants ont tout sauf ce qu'on leur enlève* », écrivait Jacques Prévert – cette phrase l'a guidée durant cette odyssée, tel un mantra. Léna veut être celle qui rendra à ces gosses ce qu'on leur a pris. Elle les imagine parfois entrer à l'université, devenir ingénieurs, chimistes, médecins, instituteurs, comptables ou agronomes. Lorsqu'ils auront reconquis ce territoire qu'on leur a si longtemps interdit, elle pourra dire à tous, au village : Regardez ces enfants, un jour ils dirigeront le monde et il n'en sera que meilleur, car il sera plus juste et plus grand. Il y a une forme de candeur dans cette pensée, et de l'orgueil bien sûr, mais aussi de l'amour, et plus que tout, la foi en son métier.

« *School ! School !* » Le gamin continue de crier et ce mot est comme un affront à la misère, un grand coup de pied balayant les castes millénaires de l'Inde, rebattant les cartes de la société. Un mot en forme de promesse, un laissez-passer pour une autre vie. Plus qu'un espoir : un salut. Léna le sait, à l'instant même où ces enfants passeront la porte de l'école, à la minute où ils pénétreront entre ses murs, la vie cessera de leur être hostile et s'ouvrira sur une certitude : l'éducation est leur seule chance de s'affranchir du sort auquel leur naissance les a condamnés.

*School.* Ce mot est une flèche qui l'atteint en plein cœur. Il la réanime, balaie les angoisses du passé, la ramène au présent. En lui, elle puise la force de se lever. Léna s'habille, sort de la cahute et découvre un spectacle qui la saisit : la cour pleine d'élèves, en train de jouer autour du banyan. Ils sont beaux, avec leurs yeux noir de jais, leurs cheveux ébouriffés et leurs sourires édentés. Cette image, Léna voudrait la capturer, la garder pour toujours sur l'écran de ses pensées.

La petite fille est là, elle aussi. Elle se tient, droite et fière, au milieu de l'agitation et du bruit. Elle ne prend part ni aux jeux ni aux discussions. Elle est là, simplement, et sa présence justifie à elle seule tous les combats de ces derniers mois. Léna observe son visage, ses cheveux tressés, sa silhouette menue dans cet uniforme d'écolière qu'elle arbore tel un étendard, cette tenue qui n'est pas seulement un morceau de tissu mais une victoire. Le rêve d'une autre, qu'elles réalisent ensemble, aujourd'hui.

Léna fait signe à l'enfant. La petite s'avance vers la cloche et l'agite vigoureusement. Il y a dans ce geste plus que de l'énergie, une forme d'affirmation de soi, une confiance nouvelle en l'avenir qui bouleverse Léna. Le tintement résonne dans l'air clair du matin. Les jeux et les cris s'interrompent. Les élèves se dirigent vers la salle aux murs blancs, franchissent la porte, s'assoient sur les tapis, saisissent les livres et les cahiers que Léna leur tend. Ils lèvent les yeux vers elle et soudain, le silence se fait, un silence si profond que l'on pourrait entendre un insecte voler. Dans le ventre de Léna, le papillon accélère la cadence. Elle prend alors une grande inspiration.

Et la leçon commence.

# PREMIÈRE PARTIE

*La petite fille sur la plage*

*Chapitre 1*

*Deux ans plus tôt.*

Malgré l'heure tardive, la touffeur l'assaille dès la descente d'avion. Léna débarque sur le tarmac de l'aéroport de Chennai, où des dizaines d'employés s'activent déjà dans l'obscurité, vidant les flancs de l'appareil qui vient de se poser. Les traits chiffonnés par une interminable journée de voyage, elle passe la douane, récupère ses bagages, quitte le vaste hall climatisé pour franchir les portes vitrées. Elle pose un pied dehors et l'Inde est là, tout entière, devant elle. Le pays lui saute à la gorge comme un animal enragé.

Léna est immédiatement saisie par la densité de la foule, le bruit, les klaxons qui résonnent, les embouteillages au milieu de la nuit. Cramponnée à ses sacs, elle est interpellée de toutes parts, sollicitée par mille mains sans visage qui l'agrippent, lui proposent un taxi, un rickshaw, tentent de s'emparer de ses bagages contre quelques roupies. Elle ignore comment elle se retrouve à l'arrière d'une voiture cabossée dont le conducteur tente en vain de refermer le coffre avant de l'abandonner grand ouvert et se lance dans une logorrhée mêlant indifféremment tamoul et anglais. *Super driver !* répète-t-il à l'envi tandis que Léna jette des regards inquiets en direction de sa valise qui menace de tomber à chaque virage. Elle observe, sidérée, la circulation dense, les vélos slalomant entre les camions, les deux-roues sur lesquels sont juchés trois ou quatre passagers, adultes, vieillards ou enfants, sans casque, cheveux au vent, les gens assis sur le bas-côté, les vendeurs ambulants, les groupes de touristes agglutinés devant les restaurants, les temples anciens et modernes décorés de guirlandes, les échoppes délabrées devant lesquelles errent des mendiants. Le monde est partout, se dit-elle, au bord des routes, dans les rues, sur la plage que le taxi entreprend de longer. Léna n'a jamais rien vu de semblable. Elle est happée par ce spectacle qui l'étonne autant qu'il l'effraie.

Le chauffeur finit par s'arrêter devant sa *guest-house*, un établissement sobre et discret bien noté sur les sites de réservation en ligne. L'endroit n'a rien de luxueux mais il offre des chambres avec vue sur la mer – c'est l'unique exigence de Léna, sa seule nécessité.

Partir, prendre le large, l'idée s'est imposée à elle comme une évidence, par une nuit sans sommeil. Se perdre loin, pour mieux se retrouver. Oublier ses rituels, son quotidien, sa vie bien réglée. Dans sa maison silencieuse où chaque photo, chaque objet lui rappelle le passé, elle craignait de se figer dans la peine, comme une statue de cire au milieu d'un musée. Sous d'autres cieux, d'autres latitudes, elle reprendra son souffle et pansera ses blessures. L'éloignement se révèle parfois salutaire, songe-t-elle. Elle sent qu'elle a besoin de soleil, de lumière. Besoin de la mer.

L'Inde, pourquoi pas ?... François et elle s'étaient promis de faire ce voyage mais le projet s'est perdu, comme tant d'autres que l'on forme et que l'on oublie faute de temps, faute d'énergie, de disponibilité. La vie a filé, avec son cortège de cours, de réunions, de conseils de classe, de sorties de fin d'année, tous ces moments dont la succession a pleinement occupé ses journées. Elle n'a pas vu le temps passer, entraînée par le courant, cette ébullition du quotidien qui l'a absorbée tout entière. Elle a aimé ces années denses et rythmées. Elle était alors une femme amoureuse, une enseignante investie, passionnée par son métier. La danse s'est arrêtée, brutalement, un après-midi de juillet. Il lui faut tenir bon, résister au néant. Ne pas sombrer.

Son choix s'est porté sur la côte de Coromandel, au bord du golfe du Bengale, dont le nom est à lui seul une promesse de dépaysement. On dit que les levers de soleil sur la mer y sont de toute beauté. François rêvait de cet endroit. Parfois, Léna se ment. Elle se raconte qu'il est parti là-bas et l'attend sur la plage, au détour d'un chemin ou de quelque village. Il est si doux d'y croire, si doux de se méprendre... Hélas, l'illusion ne dure qu'un instant. Et la douleur revient, comme le chagrin. Un soir, mue par une impulsion, Léna réserve un billet d'avion et une chambre d'hôtel. Ce n'est pas un acte irréfléchi, plutôt un élan qui obéit à un appel, une injonction échappant à la raison.

Les premiers jours, elle sort peu. Elle lit, se fait masser, boit des tisanes au centre de soins ayurvédiques de l'établissement, se repose dans le patio arboré. Le cadre est agréable, propice à la détente, le personnel attentif et discret. Mais Léna ne parvient pas à se laisser aller, à endiguer le flot de ses pensées. La nuit, elle dort mal, fait des cauchemars, se résout à prendre des cachets qui la rendent somnolente tout au long de la journée. À l'heure des repas, elle reste à l'écart, n'a nulle envie de subir la conversation forcée des autres clients, d'entretenir des échanges de surface dans la salle à manger, de répondre aux questions qu'on pourrait lui poser. Elle préfère rester dans sa chambre, commander un plateau qu'elle picore sans appétit sur un coin du lit. La compagnie des autres lui pèse autant que la sienne. Et puis elle ne supporte pas le climat : la chaleur l'indispose, comme l'humidité.

Elle ne participe à aucune excursion, aucune visite des sites de la région, pourtant prisés des touristes. Dans une autre vie, elle aurait été la première à compulser les guides de voyage, à se lancer dans une exploration approfondie des environs. La force lui manque aujourd'hui. Elle se sent incapable de s'émerveiller devant quoi que ce soit, d'éprouver la moindre curiosité pour ce qui l'entoure, comme si le monde s'était vidé de sa substance et n'offrait plus qu'un espace vide, désincarné.

Un matin, elle quitte l'hôtel à l'aube et fait quelques pas sur la plage encore déserte. Seuls des pêcheurs s'activent entre les barques colorées, rafistolant leurs filets qui forment de petits tas vaporeux à leurs pieds, semblables à des nuages mousseux. Léna s'assoit sur le sable et regarde le soleil se lever. Cette vision l'apaise étrangement, comme si la certitude de l'imminence d'un jour nouveau la délivrait de ses tourments. Elle ôte ses vêtements et entre dans l'eau. La fraîcheur de la mer sur sa peau la rassérène. Il lui semble qu'elle pourrait nager ainsi, à l'infini, se dissoudre dans les vagues qui la bercent doucement.

Elle prend l'habitude de se baigner alors que tout dort encore autour d'elle. Plus tard dans la journée, la plage devient cet espace grouillant de monde, où se pressent des pèlerins s'immergeant tout habillés, des Occidentaux avides de photos, des vendeuses de poisson frais, des camelots, des vaches qui les regardent passer. Mais à l'aube, nul bruit ne vient troubler les lieux. Vierges de toute présence, ils s'offrent à Léna tel un temple en plein air, un havre de paix et de silence.

Une pensée la traverse, quelquefois, tandis qu'elle gagne le large : il suffirait de pousser un peu plus loin, de demander à son corps épuisé un ultime effort. Il serait doux de se fondre dans les éléments, sans bruit. Elle finit pourtant par rejoindre la rive, et remonte à l'hôtel où le petit déjeuner l'attend.

De temps en temps, elle aperçoit un cerf-volant près de la ligne d'horizon. C'est un engin de fortune, maintes fois rapiécé, tenu par une enfant. Elle est si frêle et si menue qu'on dirait qu'elle va s'envoler, cramponnée à son fil de nylon comme le Petit Prince à ses oiseaux sauvages, sur cette illustration de Saint-Exupéry que Léna aime tant. Elle se demande ce que la gosse fait là, sur cette plage, à l'heure où seuls les pêcheurs sont levés. Le jeu dure quelques minutes, puis la petite fille s'éloigne et disparaît.

Ce jour-là, Léna descend comme de coutume, les traits tirés par l'insomnie – un état auquel elle s'est habituée. En elle, la fatigue s'est installée – elle est ce picotement autour des yeux, ce malaise vague qui la prive d'appétit, cette lourdeur dans les jambes, cette sensation de vertige, ce mal de tête persistant. Le ciel est clair, d'un bleu qu'aucun nuage ne vient troubler. Lorsqu'elle tentera par la suite de reconstituer le fil des événements, Léna sera incapable d'en retracer le cours. A-t-elle présumé de ses forces ? Ou délibérément ignoré le danger de la marée montante, le vent qui venait de se lever dans l'aube naissante ? Alors qu'elle s'apprête à rentrer, un courant puissant la surprend, la ramène vers le large. Dans un réflexe de survie, elle essaye d'abord de lutter contre l'océan. Vaine tentative. La mer a vite raison de ses efforts, du maigre capital d'énergie que des nuits sans sommeil ont largement entamé. La dernière chose que Léna distingue avant de sombrer est la silhouette d'un cerf-volant, flottant dans un coin de ciel, au-dessus d'elle.

Lorsqu'elle rouvre les yeux sur la plage, un visage d'enfant lui apparaît. Deux prunelles sombres la fixent, ardentes, comme si par l'intensité de ce regard, elles tentaient de la ramener à la vie. Des ombres rouges et noires s'agitent, échangent des interjections affolées dont Léna ne saisit pas le sens. L'image de l'enfant se brouille dans le tumulte général avant de s'évanouir tout à fait, au milieu de l'attroupement en train de se former.

## Chapitre 2

Léna s'éveille dans un décor blanc et brumeux, une grappe de jeunes filles penchées sur elle. Une femme âgée entreprend de les disperser comme on chasserait des mouches. *Vous êtes à l'hôpital !* clame-t-elle dans un anglais mâtiné d'un fort accent indien. *C'est un miracle que vous soyez en vie,* poursuit-elle. *Les courants sont puissants par ici, les touristes ne se méfient pas. Il y a beaucoup d'accidents.* Elle l'ausculte, avant de conclure d'un ton rassurant : *Plus de peur que de mal, mais on vous garde en observation.* À cette annonce, Léna manque défaillir à nouveau. *Je me sens bien,* ment-elle, *je peux sortir.* À dire vrai, elle est épuisée. Tout son corps lui fait mal, comme si on l'avait rouée de coups, comme si elle était passée à travers l'essoreuse d'une machine à laver. Ses protestations restent vaines. *Reposez-vous !* lance l'infirmière en guise de conclusion, en l'abandonnant dans son lit.

Se reposer, ici ? La recommandation ne manque pas d'ironie… L'hôpital est aussi animé qu'une autoroute indienne en milieu de journée. Des patients attendent, agglutinés dans le couloir voisin, d'autres sont en train de manger. D'autres encore invectivent le personnel soignant, qui paraît débordé. Juste à côté, dans la salle de soins, une jeune femme s'énerve contre un médecin qui tente de l'examiner. Près d'elle se tient le groupe de filles qui s'agitaient au chevet de Léna. Adolescentes pour la plupart, elles sont vêtues à l'identique d'un *salwar kameez*[1] rouge et noir. Elles semblent obéir à l'autorité de la jeune femme qui, pressée de s'en aller, entreprend de dégrafer le tensiomètre à son bras. Au grand dam du médecin, elle ne tarde pas à filer, suivie de sa troupe qui lui emboîte le pas.

Léna les regarde s'éloigner, intriguée. *Qui sont ces filles ? Que font-elles là ?... C'est la Red Brigade*, indique l'infirmière. *Ce sont elles qui vous ont secourue. Elles s'entraînaient près de la plage quand une gosse est venue les chercher.* Léna reste interdite. De l'événement, elle ne se souvient pas, ou si peu. Des images lui apparaissent dans le désordre, comme tirées d'un film dont on aurait mélangé les bobines. Elle revoit le cerf-volant dans le ciel, le visage d'une enfant penchée sur elle. Sans plus de commentaires, l'infirmière sort de sa blouse un morceau de papier qu'elle lui tend : il s'agit d'un mantra. *Quand vous sortirez, allez au temple remercier Shiva*, souffle-t-elle. *En général, on offre des fleurs ou des fruits, ou quelque chose de précieux. Certains donnent même leurs cheveux...* Drôle

---

1. Tunique indienne sur un pantalon ample.

d'idée, songe Léna qui n'a pas la force de protester, ni le courage d'expliquer qu'elle ne croit plus en rien, ni en Dieu ni en quoi que ce soit. Elle saisit docilement le mantra, avant de sombrer dans les limbes d'un sommeil agité.

De retour à l'hôtel, elle passe deux jours et deux nuits à dormir, comme si son corps, enfin, consentait au repos après avoir côtoyé la mort. À l'aube du troisième jour, elle s'éveille, étrangement délassée. Du balcon de sa chambre, elle observe la mer impassible, indifférente à ses tourments. Elle a failli mourir et n'en conçoit nul effroi. Depuis quelque temps, elle se sent même attirée par cette perspective, sans avoir le courage de l'envisager vraiment. L'idée de vivre la terrifie davantage qu'une fin choisie. Pourquoi a-t-elle été sauvée ? se demande-t-elle. Quel caprice du sort a décidé de la maintenir en vie ?... Elle songe aux filles aperçues à l'hôpital. Ce sont elles qu'il faudrait remercier, et non le dieu à quatre bras, dont elle a souvent vu la représentation en lotus dans les salles de yoga qu'elle a fréquentées.

Elle descend à la réception interroger le concierge de l'hôtel, qui l'accueille avec obséquiosité. À l'évocation de la *Red Brigade*, il se rembrunit. Tout le monde connaît la brigade ici, commente-t-il, un groupe de filles pratiquant le self-défense qui s'est donné pour mission d'assurer la sécurité des femmes du quartier. Elles patrouillent sur la plage et dans les rues du village ; on les croise aussi près du marché. Il lui déconseille toutefois de s'en approcher, si elle ne veut pas s'attirer d'ennuis. Leur cheffe est une tête brûlée bien connue des forces de police, qui voient d'un mauvais œil la justice parallèle qu'elle entend faire régner.

Malgré ses mises en garde, Léna décide de retrouver les filles de la brigade. Comment leur exprimer sa gratitude ?... Après réflexion, elle attrape une enveloppe et la remplit de billets. Dans ce village où la plupart des habitants vivent sous le seuil de pauvreté, une contribution financière sera sûrement appréciée, se dit-elle. Elle hésite sur le montant : combien donne-t-on pour une vie sauvée ? Combien vaut la sienne ?...

Quelques milliers de roupies plus tard, Léna quitte l'hôtel et gagne la plage. Elle déambule sur le sable, scrute les individus qui s'agitent çà et là... Aucun signe de la petite troupe. Elle s'adresse à un groupe d'hommes sans âge en train de rapiécer des filets : ils ne parlent pas anglais. Un peu plus loin, des femmes vendent aux enchères du poisson fraîchement pêché et des langoustes aux reflets argentés. Léna les interroge sans plus de succès. Elle longe les restaurants aux enseignes colorées qui jouxtent le rivage, les cahutes proposant des jus de fruits pressés, les cabanes vendant des cacahuètes et des coquillages peints, les ateliers de réparation de bateaux où des ouvriers s'activent autour d'embarcations à la proue élancée. Des gosses courent après un ballon, slaloment entre les vaches aux cornes décorées qui paressent, allongées près de l'eau. Léna s'étonne de ce curieux spectacle, auquel tout le monde semble habitué. Elle arrête les gamins pour les questionner, mais ils secouent la tête et reprennent leur course effrénée.

Quittant le bord de mer, elle s'enfonce dans un enchevêtrement de ruelles où se succèdent vendeurs de *dosas*, ressemeleurs de chaussures, échoppes dans lesquelles des hommes en sueur manipulent d'énormes fers à repasser, boutiques aux couleurs défraîchies proposant indifféremment des épices, des sculptures, de l'encens, des piles, des pâtisseries ou des couches pour bébé. Tout ce que l'Inde produit, invente ou recycle se trouve là, dans ces vitrines couvertes de poussière où le temps semble s'être arrêté. L'une d'elles exhibe même une série d'yeux de verre et de dentiers d'occasion, que Léna détaille avec stupéfaction. Des rickshaws lui bloquent le passage, des chiens errants la frôlent, des scooters klaxonnent bruyamment en lui criant de se pousser. Elle finit par déboucher sur la place du marché où s'entremêlent des étals de fleurs, de fruits, de poisson frais. Mille couleurs, mille senteurs la saisissent, saturent ses sens ébahis, dans ces allées grouillant de monde, bourdonnant de bruit.

Elle déambule parmi la foule, au milieu des habitants chargés de sacs et de paniers. L'endroit a des allures de fourmilière. On s'y presse pour y acheter lentilles, patates douces, *jalebis* fraîchement cuisinés, pigments de couleur, étoffes, thé, noix de coco, cardamome ou poudre de curry. Léna observe un homme occupé à tresser une guirlande d'œillets, lorsque son attention est attirée par une étrange procession. Non loin, une quinzaine de filles munies de banderoles et de photos arpentent les allées en scandant : *Justice for Priya*. Les images montrent une jeune Indienne, visiblement victime d'un viol en réunion. Léna reconnaît immédiatement la troupe de l'hôpital. En tête de cortège, leur cheffe mène la danse tambour battant. La peau foncée, les yeux noirs, elle est animée d'une ferveur communicative, d'une autorité naturelle qui la rend intensément présente, attire les regards des passants qui s'arrêtent pour l'écouter. En dépit de son jeune âge – elle ne doit pas avoir plus de vingt ans –, elle dégage une étonnante maturité. Léna ne comprend pas un mot de son discours, mais paraît fascinée par son assurance et son énergie.

La manifestation est bientôt interrompue par un agent de police qui entreprend de la disperser. La meneuse refuse d'obtempérer. Sa bande se rassemble autour d'elle pour lui prêter main-forte, le ton monte. Des badauds s'en mêlent, prenant fait et cause pour ou contre elles. Dans un mouvement de colère, l'agent saisit les tracts des mains des militantes et les éparpille aux quatre vents. Nullement impressionnée, la cheffe se met à crier, le couvrant d'une série d'insultes qui se passent de traduction. Elle paraît incroyablement forte, prête à contrer tous les assauts, toutes les tentatives d'intimidation. Après quelques minutes au cours desquelles l'issue de l'affrontement paraît incertaine, le policier finit par s'éloigner en la pointant du doigt, et lui lance ce qui ressemble à un avertissement – à moins que ce ne soit une menace. D'un air indifférent, la fille hausse les épaules avant de ramasser les prospectus éparpillés. Léna en saisit un, tombé à ses pieds. On y voit la photo du groupe en posture de combat, surmontée d'un logo rouge et noir où s'entrelacent des visages féminins autour d'un poing dressé : « *Don't be a victim. Join the Red Brigade* », clame le slogan.

## Chapitre 3

Lorsque Léna l'aborde, la cheffe semble la reconnaître immédiatement. C'est bien elle, l'Occidentale, la rescapée de la plage. Les filles se pressent autour d'elle, avec curiosité. Léna explique qu'elle est venue les remercier. Acquiesçant d'un simple hochement de tête, la meneuse grommelle quelques mots en anglais sur l'imprudence des touristes qui se croient au-dessus du danger, et reprend ses activités – elle est en train de ramasser les tracts dispersés par le policier. Elle n'éprouve visiblement ni sollicitude ni intérêt pour Léna. Un peu déstabilisée, celle-ci sort l'enveloppe de son sac et la lui tend. La cheffe l'observe longuement en haussant les épaules et lâche : *On n'a pas besoin de ton argent.*

À cet instant, Léna réalise ce que son geste peut avoir de maladroit ou de déplacé ; son enveloppe à la main, elle se tient là, au milieu du marché, dans une posture qui doit passer pour de la condescendance, voire de la pitié. Elle se reprend aussitôt et s'explique : l'argent n'est pas pour elle mais pour la brigade, pour la cause qu'elles défendent. Tentative inutile. La jeune femme est fière ; elle n'accepte pas l'aumône, encore moins venant d'une étrangère. L'une de ses acolytes lui glisse quelques mots à l'oreille en désignant l'argent mais l'autre la fait taire. Léna admire son aplomb. Il y a dans son refus une forme de noblesse qu'elle comprend et respecte. *Si tu veux aider quelqu'un, donne-le à la gosse. C'est elle que tu dois remercier*, finit par lui lancer la cheffe, avant de s'éloigner.

Léna se retrouve seule dans l'allée, avec son paquet de billets. Elle s'apprête à rebrousser chemin lorsqu'elle est accostée par une mendiante, qu'elle n'a pas vue approcher. D'une maigreur effrayante, la femme tient un bébé famélique dans les bras, et s'agrippant à la chemise de Léna, agite sous son nez un biberon vide couvert de morve et de saletés. Il est difficile de lui donner un âge tant elle paraît ravagée par la faim, l'extrême précarité. Elle n'a rien à manger, rien à donner à son enfant – il n'y a plus de lait en son sein desséché, qu'elle exhibe à travers sa tunique déchirée. Léna est saisie à la vue de son corps efflanqué, de ce tout-petit qui n'arrête pas de pleurer. En un éclair, des gosses sortis de nulle part l'encerclent, s'accrochent à ses vêtements. Léna est pétrifiée, paralysée devant leurs mains tendues, leurs regards implorants. Dans sa poitrine, son cœur bat à tout rompre, elle a du mal à respirer. Elle abandonne ses billets aux gamins qui se les disputent en hurlant, jouent des ongles et des poings pour récupérer leur part du butin. D'autres se pressent vers elle pour en demander plus encore. Cernée de toutes parts, Léna est incapable de bouger, de s'enfuir comme de répondre à cette détresse qui la terrifie. Elle sent venir la crise de panique. Sa vue se brouille, ses oreilles se mettent à bourdonner, alors qu'elle tente d'échapper à l'émeute qu'elle vient de provoquer.

Elle ignore comment elle retrouve le chemin de l'hôtel. Tremblante, elle monte s'enfermer dans sa chambre et avale des cachets pour se calmer. La distance, croyait-elle, l'aiderait à panser ses blessures, à se relever ; elle s'est trompée. Elle se sent plus mal encore qu'à son arrivée. Elle maudit le jour où elle a mis le pied dans ce pays. Ici tout lui est hostile, violent – la misère, le tumulte incessant, la foule qui se presse partout. « *L'Inde rend fou* », a-t-elle lu un jour – elle comprend le sens de ces mots à présent. Face à la détresse des enfants, elle s'est trouvée désarmée, impuissante à en crever. Elle aimerait chasser de son esprit l'image de la mendiante et de son bébé, de ces gosses se battant pour ses billets. Elle va rassembler ses affaires, monter dans le premier avion et rentrer. Elle doit se sauver avant que ce pays ne la broie tout entière. Léna se fige soudain à la perspective de regagner sa maison déserte et glacée, où personne ne l'attend désormais. À bien y réfléchir, le silence l'effraie plus encore que le bruit. Une vision la tire de ses pensées : par la fenêtre, elle vient d'apercevoir un point multicolore dans le ciel. On dirait un cerf-volant en train de danser dans le vent, juste au-dessus de l'océan.

En un instant, Léna oublie ses élucubrations. Elle quitte précipitamment la chambre, descend sur la plage et s'élance en direction de l'enfant. La petite ne l'a pas remarquée. Elle a rangé son jouet et s'éloigne vers l'un des restaurants qui bordent le rivage, un *dhaba*[1] d'aspect modeste où elle ne tarde pas à disparaître. Léna lui emboîte le pas et s'approche de l'entrée. Un panneau accueille les clients d'un surprenant « *Bienvenue chez James et Mary* », tandis qu'un autre détaille l'unique menu proposé, du poisson grillé accompagné de riz et de *chapatis*. Les peintures ont subi l'outrage du temps et peinent à masquer la vétusté du bâtiment – il ressemble à une vieille dame qu'on aurait tenté de maquiller, un peu naïvement.

Léna pénètre dans la salle, où tout est calme à cette heure. Le coup de feu de midi est passé, les clients du soir pas encore arrivés. Un homme replet sommeille devant un poste de télévision diffusant un match de *kabaddi*[2]. Non loin, un ventilateur sans âge brasse un air lourd, chargé d'odeurs de cuisson qu'il ne parvient pas à dissiper. Léna observe avec curiosité la statue d'une Vierge Marie parée d'ampoules clignotantes, près d'un Christ

---

1. Restaurant de rue ou de bord de route.
2. Sport de combat très populaire en Inde.

en croix du même acabit. Pris d'une éructation soudaine, l'homme s'éveille dans un raclement de gorge spectaculairement gras, lorsqu'il aperçoit Léna. Se redressant aussitôt, il l'invite à prendre place mais elle explique qu'elle n'est pas venue pour manger : elle voudrait voir la petite fille qui vient d'entrer. Le tenancier ne saisit pas – il ne parle manifestement pas anglais. L'échoppe doit accueillir plus de locaux que d'étrangers, se dit Léna. L'homme insiste, répète quelques mots appris par cœur en désignant la mer : *Fresh fish !* Il disparaît alors en cuisine et revient chargé d'une assiette garnie d'un poisson fraîchement pêché. Léna comprend qu'elle n'aura pas gain de cause et finit par abdiquer. Après tout, elle ne se souvient pas d'avoir mangé de la journée. L'appétit, elle l'a perdu il y a longtemps, par un après-midi de juillet.

Obéissant au patron, elle gravit quelques marches et se retrouve sur le toit du *dhaba,* aménagé en terrasse. De là, on voit la mer – c'est le seul attrait de l'endroit. La décoration est sommaire, des tables et des chaises abîmées. Des guirlandes ont été accrochées çà et là, semblables à celles qui ornent les frontons des temples, dans une vaine tentative de donner au décor un air de fête à la nuit tombée.

Perdue dans la contemplation de l'océan, Léna n'entend pas l'enfant arriver. La petite surgit, sans bruit, chargée d'une panière remplie de *chapatis*. À la vue de Léna elle se fige, stupéfaite : elle la reconnaît, assurément. Léna sourit, lui fait signe d'approcher. Les voilà donc, les prunelles qui la fixaient sur la plage avec intensité. La gamine est jolie. D'après son gabarit, on lui donnerait sept ou huit ans, mais elle doit en avoir un peu plus. On dirait un oisillon tombé du nid. Ses grands yeux expriment un mélange d'étonnement et de soulagement à la découvrir ici, devant elle. En vie.

*Chapitre 4*

Léna tente d'engager la conversation mais la petite ne dit pas un mot, pas même son nom. Elle disparaît et revient avec une assiette de poisson grillé, que Léna dévore d'un trait – une cuisine simple, qui se révèle délicieuse. Puis la gamine débarrasse et lui porte l'addition, d'un air habitué. Léna descend régler la note auprès du tenancier. Elle essaye de lui expliquer que sa fille lui a sauvé la vie – il ne comprend pas. Elle va trouver sa femme en cuisine, la félicite pour le plat. Elle non plus, ne parle pas anglais. Léna finit par quitter le *dhaba*, en laissant au couple un généreux pourboire qui semble le ravir autant que l'étonner.

En s'éloignant, elle se demande ce qu'elle pourrait offrir à l'enfant. Elle n'a aucune idée de ce qui plairait à une petite Indienne de dix ans. Un livre ? Un jouet ? Une poupée ? Autant de présents dérisoires, au regard de la situation. Si la famille mange probablement à sa faim, elle doit manquer de tout le reste, comme en témoigne l'état du restaurant. Léna songe à la jeune activiste refusant l'enveloppe de billets : elle ne veut pas renouveler l'expérience. Et puis, qui sait si l'argent reviendrait à l'intéressée ? Comment en être sûre ? Elle a entendu parler des problèmes d'alcool et d'addictions qui frappent de nombreux habitants de la région. Elle préférerait trouver un moyen plus direct de s'acquitter de sa dette envers la fillette.

À la boutique de l'hôtel, elle fait l'acquisition d'un cerf-volant aux couleurs flamboyantes. Lorsqu'elle retourne au *dhaba* le lendemain et le tend à l'enfant, le visage de la gosse s'éclaire. Il se fend d'un sourire qui se passe de tout commentaire. La petite s'élance aussitôt sur le sable pour étrenner son nouvel appareil. La toile claque furieusement tandis qu'il s'élève dans le ciel, léger et ondulant.

Léna prend l'habitude d'aller déjeuner chez « *James et Mary* ». L'adresse semble appréciée des gens du coin, qui viennent s'y restaurer pour quelques centaines de roupies – deux ou trois euros pour un repas complet. La cuisine y est bonne, le poisson frais du matin. Léna se surprend à retrouver l'appétit ; cela fait longtemps qu'elle n'a pas mangé ainsi. La gosse est là, chaque jour, sentinelle muette et fidèle. Elle dresse les tables, sert et dessert, porte les menus, les cafés, avec la même discrétion. On a dû lui faire la leçon – il ne faut pas déranger les clients. Elle obéit au patron qui s'agite en bas, à sa femme perpétuellement en cuisine. Personne ne s'étonne de sa présence ici. C'est la fille de la maison, comme on dit.

Chaque matin, elle descend sur la plage avec le cerf-volant, pour quelques instants volés au jour naissant. C'est le seul moment où Léna la voit courir et jouer. Le seul où elle redevient une enfant, loin de l'astreinte du restaurant. Léna s'assoit sur le sable et la regarde s'élancer dans le vent. À cette heure que nul bruit ne vient troubler, elles sont deux âmes solitaires à se partager le spectacle de la mer, dans la lumière du soleil levant.

Malgré les tentatives d'approche de Léna, la fillette ne parle pas. Elle ne prononce pas un mot. Accaparés par l'activité du *dhaba*, ses parents ne lui accordent aucune attention. La seule compagne de la gosse est une poupée usée et rapiécée, qu'elle traîne partout comme un talisman et dont elle ne se sépare jamais.

Un jour, Léna a une idée : elle saisit un bâton et inscrit son prénom sur le sable mouillé. Elle invite la fillette à faire de même. La petite se fige, désemparée. *Comment tu t'appelles ?* insiste-t-elle. La gosse l'observe tristement, avant de s'éloigner. Léna reste perplexe. Cette petite l'émeut, plus qu'elle ne saurait dire. Pourquoi refuse-t-elle de communiquer ? Il y a dans son silence un mystère, un secret qu'elle aimerait découvrir. Comme un chagrin venu de loin, qu'elle reconnaît.

Alors qu'elle regagne l'hôtel, elle se fige à cette pensée : se peut-il que la gosse ne sache ni lire ni écrire ?...

Affairée toute la journée au restaurant, quand trouve-t-elle le temps de s'instruire ?...

Taraudée par cette question, Léna surprend la fillette le lendemain, sur la plage, en train de recopier de mémoire les lettres qu'elle a tracées : L-E-N-A. Elle sourit, touchée. L'enfant désigne la mer, à quelques pas. *Tu veux te baigner ? Jouer ?* Non, ce n'est pas ça. D'un air pressant, la petite attrape un bâton et le lui tend. Ça y est, Léna comprend. Elle inscrit le mot SEA en anglais sur le sable. La gosse lève les yeux vers elle, d'un air satisfait. Elle va alors chercher un coquillage, puis sa poupée, puis le cerf-volant qu'elle a pour un temps délaissé. À chaque fois, Léna trace le mot correspondant. Quand vient l'heure de rentrer, l'enfant la quitte à regret, tandis que la marée montante vient recouvrir les lettres qu'elles se sont appliquées à former.

C'est vite une certitude pour Léna : la gosse ne va pas à l'école, et n'y a sans doute jamais mis les pieds. À dix ans, elle ne sait ni lire ni écrire. Elle s'ingénie à recopier chaque mot que Léna lui apprend. Celle-ci la trouve le matin, occupée à retranscrire ceux de la veille, sans modèle, dans cet alphabet qui n'est pas même le sien. Elle est surprise par la rapidité avec laquelle la petite les assimile. On dirait qu'elle les photographie, les enregistre pour les restituer, intacts, sur le cahier de sable improvisé.

Léna sait qu'ici, les classes les plus pauvres n'ont pas accès à l'éducation. Une réalité inacceptable pour l'enseignante qu'elle a été. Certes, l'enthousiasme et l'entrain de ses débuts se sont émoussés au fil du temps, comme la passion s'érode dans un vieux couple. Les classes surchargées, les conditions matérielles souvent précaires, les moyens insuffisants, le manque de reconnaissance général vis-à-vis de sa profession ou l'inertie d'une certaine administration ont rogné ses ailes, amoindri son élan. Les dernières années, elle se sentait moins investie, se surprenant parfois à attendre avec impatience la fin de la semaine ou le prochain départ en vacances. Elle a toutefois continué son chemin, animée de la certitude que l'instruction est une chance, un droit fondamental, qu'il était de son devoir de transmettre et de partager.

Comment admettre, alors, que cette enfant en soit privée ?

Léna se met en tête d'aller parler à ses parents. Il faut qu'elle trouve le moyen de communiquer avec eux, de leur expliquer que leur fille est intelligente, qu'elle a des capacités ; qu'elle peut échapper à cette vie de misère s'ils lui donnent la possibilité de suivre des études. Eux-mêmes sont sans doute illettrés, comme de nombreux habitants du village. Léna voudrait leur dire qu'il ne s'agit pas d'une fatalité, qu'ils ont le pouvoir d'inverser le cours des choses en lui offrant la chance qu'on leur a refusée.

Un midi, alors que le service touche à sa fin, elle entreprend d'engager la conversation avec le patron. L'homme est en train de ranger les tables que l'enfant a débarrassées.

Léna s'avance en désignant la petite à ses côtés. *School,* dit-elle. L'homme grommelle quelques mots en tamoul, en secouant la tête. *No school, no.* Léna n'en démord pas. *The girl should go to school,* insiste-t-elle, mais le père demeure imperturbable. D'un geste, il montre le restaurant, semble dire qu'il y a trop à faire. *No school, no.* Pour conclure ce semblant d'échange, il ajoute un mot, qui glace Léna et la foudroie.

*Girl. No school.*

La phrase tombe comme un couperet, une punition. Pire, une condamnation. Léna reste sans voix. À regarder la petite s'éloigner, munie de son éponge et de son balai, elle a envie de hurler. Elle donnerait n'importe quoi pour transformer ces accessoires en stylo, en cahier. Hélas, elle n'a pas de baguette magique, et l'Inde n'a rien d'un décor de conte de fées.

Naître fille ici est une malédiction, pense-t-elle en quittant le *dhaba.* L'apartheid commence à la naissance et se perpétue, de génération en génération. Maintenir les filles dans l'ignorance est le plus sûr moyen de les assujettir, de museler leurs pensées, leurs désirs. En les privant d'instruction, on les enferme dans une prison à laquelle elles n'ont aucun moyen d'échapper. On leur retire toute perspective d'évolution dans la société. Le savoir est un pouvoir. L'éducation, la clé de la liberté.

Léna enrage de n'avoir pu répliquer. Face à cet homme dont elle ne parle pas la langue, les mots lui ont manqué. Elle refuse pourtant d'abandonner la partie. La gosse lui a sauvé la vie : elle se doit de lui rendre la pareille, tout au moins d'essayer.

Elle songe soudain à la cheffe de la *Red Brigade*, à son aplomb face au policier, sur la place du marché. La jeune femme est une figure locale, connue dans le quartier. Sa parole aurait plus de poids que celle de Léna. Et si ce n'est pas le cas, elle pourrait au moins se faire comprendre, argumenter. Léna sait qu'elle a besoin d'une alliée. Seule, elle n'y arrivera pas. Si les mots « liberté » et « égalité » n'ont pas de sens ici, il lui reste l'espoir de la fraternité.

Dans sa chambre, elle retrouve le tract ramassé dans l'allée : au dos figure l'adresse du QG de la brigade. Elle quitte l'hôtel sans tarder et avise un rickshaw dans la rue. En guise d'indication, elle tend le prospectus au chauffeur, qui la dévisage d'un air étonné. Dans un anglais approximatif, il tente de lui expliquer que ce n'est pas un quartier pour elle : *No good for tourist*, dit-il. Il évoque les sites et monuments vers lesquels se pressent habituellement les étrangers. *Krishna's Butterball, Ratha Temples... very beautiful !* répète-t-il. Léna s'entête. En soupirant, l'homme finit par s'exécuter. Tandis qu'il quitte le bord de mer, elle voit le paysage se transformer en une succession d'habitations misérables, d'échoppes et de cahutes précaires ; certaines paraissent si fragiles qu'elles menacent de s'envoler au moindre souffle d'air. Pourtant proche, son hôtel semble à des années-lumière de là. Les deux mondes se côtoient, sans se rencontrer. Les enceintes des établissements touristiques délimitent un espace protégé, qui ne laisse rien passer de la misère environnante.

Le rickshaw s'arrête devant un garage en parpaings, flanqué d'une cour emplie de carcasses de voitures et de pneus crevés. Léna est surprise mais l'homme affirme qu'il s'agit de la bonne adresse. Il redémarre aussitôt et ne tarde pas à l'abandonner, inquiète, au pied du bâtiment délabré.

*Chapitre 5*

*L'assaillant est souvent quelqu'un qu'on connaît,* lance la cheffe. *La plupart du temps, c'est un membre de la famille, un oncle, un cousin. Mais ça peut être aussi un inconnu dans la rue. Il faut savoir réagir à n'importe quel moment.* Dans la salle d'entraînement se tiennent une dizaine de filles, assises sur des tapis. Elles ont commencé tôt ce matin, redoutant les fortes chaleurs annoncées. Toutes ont revêtu leur tenue rouge et noire, et suivent la démonstration des yeux dans un silence parfait, quasi religieux. *Il peut se servir de votre* dupatta[1] *pour vous immobiliser en essayant de vous étrangler,* poursuit la cheffe. Elle désigne alors l'une des filles, qui s'avance d'un air intimidé. Saisissant le morceau d'étoffe qui flotte sur ses épaules, elle la tire en arrière, feignant de la serrer du plus fort qu'elle peut. Déséquilibrée, l'adolescente tente

---

1. Longue écharpe traditionnelle servant à couvrir la tête et les épaules.

de se débattre, porte les mains à son cou. L'autre la cloue à terre et, d'un genou expert, la maintient prisonnière en l'asphyxiant. *Lorsque vous en êtes là, c'est fini !* lâche-t-elle. *Vous ne reprendrez jamais le dessus.* Elle marque un temps après ces mots, fixant le visage de ses jeunes recrues. Elle n'a pas besoin d'en dire plus : toutes savent ce qui les attend si elles sont incapables de répliquer. En libérant sa proie, elle reprend : *Votre avantage, c'est que l'assaillant ne pense pas que vous allez réagir. Il va être surpris, déstabilisé.* Passant sans prévenir du rôle de l'agresseur à celui de l'agressée, elle empoigne la fille par le col et l'attire à elle tout en lançant son genou vers ses parties intimes. Elle est si rapide que l'autre ne voit pas le coup venir et ne peut le contrer. *Ce n'est pas une question de force ou de taille,* conclut-elle, *mais d'habileté : chacune d'entre vous peut le faire ici. L'idée est de frapper les yeux, la gorge, là où ça fait mal, pour pouvoir vous enfuir.* Toutes acquiescent d'un air entendu. *Le dégagement d'étranglement est un classique,* conclut-elle, *vous devez maîtriser parfaitement la technique. Allez !* À son signal, les filles se regroupent deux par deux et s'attellent à reproduire la prise, en la décomposant.

Léna vient de débarquer devant le bâtiment. En devanture, le rideau de fer est baissé. D'un air prudent, elle entreprend de le contourner, en évitant les chiens errants endormis entre les morceaux de ferraille et les pare-chocs rouillés. Apercevant une porte entrouverte à l'arrière, elle jette un œil à l'intérieur : les filles de la brigade sont en train de s'entraîner sous la supervision de leur cheffe. Léna s'approche discrètement et reste un moment à les observer, fascinée par leur jeunesse et leur énergie. Il y a de la grâce, de la puissance, de la colère aussi dans ces mouvements qu'elles répètent inlassablement. On dirait que leur vie tout entière en dépend – et c'est peut-être vrai, songe Léna. Les plus jeunes n'ont que douze ou treize ans. Que font-elles là ? Que leur est-il arrivé ? À quoi ont-elles survécu pour se retrouver ici, à se battre dans ce garage désaffecté ?

La meneuse n'est guère plus âgée que ses troupes, mais semble détenir une autorité que nulle n'ose contester. À la fois ferme et attentive, elle passe entre les rangs pour corriger un geste, une posture, rectifier l'angle d'un poignet. Autour d'elles, le décor tombe en ruine. Les murs sont abîmés, le sol recouvert de tapis élimés, mais personne ne paraît s'en soucier.

La séance s'achève. Les filles saluent leur professeure, rassemblent leurs affaires et quittent l'endroit. Prenant son courage à deux mains, Léna se glisse dans la salle. La jeune femme ne l'a pas remarquée. Elle s'est age-nouillée près d'un petit réchaud disposé dans un coin, sur lequel elle place une casserole emplie d'un liquide brun et épais. Elle sursaute en découvrant Léna dans son dos. Elle reste interdite, se demande visiblement comment elle est arrivée là, dans ce quartier où les touristes ne s'aventurent pas. Désignant le prospectus ramassé au marché, Léna explique en anglais qu'elle est venue lui parler de la petite qui l'a sauvée.

Son interlocutrice la dévisage, avant de désigner le récipient en train de chauffer. *Je fais du chaï, t'en veux ?* lance-t-elle. Léna n'ose refuser. Elle a entendu parler de ce thé aux épices que l'on consomme partout ici, à toute heure de la journée. Plus qu'une tradition, le chaï est un passage obligé de la culture indienne. Tandis que la cheffe s'affaire à sa préparation, Léna détaille plus attentivement les lieux : des paquets de tracts sont posés en vrac, près de banderoles enroulées. Un faitout et quelques ustensiles de cuisine sont rangés non loin. Une malle en fer entrouverte laisse entrevoir un fatras de vêtements. La présence d'un miroir et d'une brosse à cheveux donne à penser que la jeune femme habite là, dans ce local de fortune, certainement glacé en hiver et brûlant en été.

Léna s'assoit sur un tapis et attrape le gobelet en métal que son hôte a rempli de thé brûlant. Dès la première gorgée, elle est saisie par le goût piquant-poivré du mélange, étonnamment sucré. Les saveurs de cannelle, de cardamome et de clou de girofle provoquent une explosion sur son palais. Elle ne peut réprimer un mouvement de recul et se met à tousser. L'autre la jauge, avec ironie. *Si c'est trop fort, t'es pas obligée de boire,* fait-elle, amusée. Comprenant que l'offrande est une façon de l'accueillir comme de la tester, Léna s'applique à vider jusqu'à la dernière goutte le contenu du gobelet. Le thé est si fort qu'il réveillerait un mort, songe-t-elle. Tant mieux. Passé le premier choc, il se révèle délicieux.

Léna accepte volontiers une deuxième tasse. La cheffe la ressert, intriguée malgré elle par cette Occidentale qui ne ressemble pas aux étrangers qu'elle a l'habitude de croiser. Ceux-là se déversent par cars entiers dans les temples, les boutiques d'artisanat local, les *resorts* proposant des cures ayurvédiques et des stages de yoga. Certains, en quête de spiritualité, s'enferment dans les ashrams. D'autres, mus par la promesse de paradis artificiels, échouent sur les plages du Sud où la drogue est aussi facile à trouver que les noix de coco ou les kiwis. On ne compte plus ces rescapés du New Age qui ont perdu la raison, la santé et ne sont jamais repartis. Léna, visiblement, n'est rien de tout cela. Que fait-elle seule, ici, avec cet air désemparé, cette peine qu'elle semble traîner derrière elle comme une valise trop lourde à porter ?

Après ces préliminaires, Léna se lance : elle a retrouvé la petite fille au cerf-volant, comme la cheffe le lui avait conseillé. L'enfant travaille dans un restaurant, un *dhaba* près de la plage, tenu par ses parents. À dix ans, elle ne sait ni lire ni écrire : elle n'est pas scolarisée. Léna a tenté de parler à son père mais il ne l'a pas écoutée. Malgré son silence, la gosse a des capacités, Léna le sent – elle parle d'expérience, elle a enseigné pendant plus de vingt ans en

France. Elle voudrait que la jeune femme intercède en sa faveur et plaide sa cause auprès du restaurateur.

La cheffe ne paraît pas étonnée par son récit. *Bienvenue en Inde*, souffle-t-elle. Dans les villages, les filles ne vont pas à l'école, ou n'y restent pas longtemps. On ne juge pas utile de les éduquer. On préfère les garder à la maison, les employer aux tâches domestiques avant de les marier lorsqu'elles atteignent l'âge de la puberté.

Elle marque un temps, comme si elle hésitait à prononcer le mot qui est plus qu'une insulte ici, une condamnation : *Intouchable*. *Chez nous, on dit Dalit*, précise-t-elle. Une communauté mal-aimée, méprisée du reste de la population. Elle-même a cessé d'aller en classe à l'âge de onze ans, découragée par les mauvais traitements qu'elle y subissait chaque jour, de la part de ses camarades et des enseignants. Elle décrit les coups, les humiliations constantes. Elle raconte comment, dans l'état voisin du Kerala, les gens de sa condition devaient jadis marcher à reculons munis d'un balai pour effacer les traces de leurs pas, afin de ne pas souiller les pieds des autres habitants qui empruntaient le même chemin. Encore aujourd'hui, il leur est interdit de toucher les plantes et les fleurs, dont on prétend qu'elles fanent à leur contact. Partout, les *Dalits* sont assignés aux tâches les plus ingrates. Une soumission institutionnalisée par la religion hindoue qui les place tout en bas de l'échelle des castes, à la périphérie de l'humanité.

Au fil du temps, les mentalités n'ont guère changé : les Intouchables demeurent des parias, des êtres impurs bannis de la société. Et les filles sont considérées comme inférieures aux garçons. Naître femme et *Dalit* est ainsi la pire des malédictions. Elle-même peut en témoigner, comme chaque membre de sa brigade. Toutes sont des rescapées, toutes victimes d'un cruel paradoxe : ces filles qu'on ne doit pas toucher, on n'hésite pas à les violer. La plus jeune d'entre elles n'avait que huit ans lorsqu'un voisin a abusé d'elle, alors que ses parents s'étaient absentés. *Ici, le viol est un sport national,* assène la cheffe. Et les criminels ne sont jamais punis : les plaintes donnent rarement lieu à des poursuites, surtout lorsque les victimes sont de basse extraction.

Devant l'inertie des autorités, les femmes ont dû s'organiser pour assurer leur sécurité. Sous l'impulsion d'une fille de Lucknow, elles ont commencé à se regrouper en brigades. D'abord local, le mouvement s'est étendu à tout le pays. Elles sont des milliers à y adhérer aujourd'hui.

Outre les cours de self-défense qu'elles dispensent gratuitement, les *Red Brigades* patrouillent dans les rues et interviennent en cas d'agression, n'hésitant pas à pourchasser les harceleurs et les violeurs pour les confronter ou les intimider. On leur reproche parfois de se faire justice elles-mêmes, mais ont-elles le choix ?... Elle ajoute que les résultats sont là : depuis la création de son groupe, les violences faites aux femmes ont diminué dans les environs. Sa troupe est désormais connue dans le quartier, à la fois crainte et respectée.

Si elle est fière d'agir au nom de la brigade et d'en revêtir chaque jour l'uniforme – rouge pour la colère, noir pour la protestation, précise-t-elle – la jeune femme reste consciente des limites de son action. Contre le manque d'instruction des filles, elle ne sait comment lutter. Il est des combats qu'on ne gagne pas avec les poings et les pieds. Et des violences que tous les cours de self-défense du monde ne sauront endiguer. Quant au sort de la fillette du *dhaba,* elle compatit mais se sent impuissante. Il faudrait d'autres armes, dont elle ne dispose pas.

Léna l'a écoutée, abasourdie. Bien sûr, elle avait entendu parler de la rude condition des femmes et des Intouchables, mais elle pensait que la situation avait évolué. Elle comprend ce que dit la jeune cheffe mais refuse de se résigner. Elle vient d'un monde où l'instruction est un droit, une chance donnée à tous. L'école est obligatoire, dit-elle, en Inde comme ailleurs. Elle s'est renseignée, a fait des recherches sur Internet : une législation existe à ce sujet... Son hôte l'arrête d'un geste : la loi ne veut rien dire ici. Personne ne la respecte, et les forces de l'ordre se moquent de la faire appliquer. L'avenir d'une gosse de dix ans ne les intéresse pas. Le sort des filles n'émeut personne. Elles sont abandonnées de tous, illettrées et asservies, dans ce pays qui ne les aime pas. Voilà la vérité. Voilà l'Inde, la vraie, conclut-elle. Celle qu'aucun guide touristique n'osera lui raconter.

*Chapitre 6*

Ce pays dont on vante tant la splendeur, la culture et les traditions, serait-il un monstre à deux têtes ? Est-il possible qu'il soit le théâtre de tant d'injustices ? Que les droits des femmes et des enfants y soient à ce point bafoués ? Léna quitte le garage, sonnée. À travers les mots de la cheffe, elle vient d'entrevoir un tout autre visage du sous-continent indien. Cette contrée, berceau de l'humanité, qui a vu naître Bouddha, la médecine ayurvédique et le yoga, cache une société profondément divisée, qui sacrifie tous ceux qu'elle devrait protéger.

Alors que Léna s'éloigne parmi les carcasses de voitures et les pneus crevés, un sifflement puissant la fait sursauter. Derrière elle, la cheffe a enfourché son scooter et lui fait signe d'y monter. Le quartier n'est pas sûr pour une femme isolée, lance-t-elle ; elle va la raccompagner. Léna hésite, mais la proposition tient plus de l'ordre que de l'invitation. Elle finit par grimper à l'arrière du deux-roues qui démarre en trombe, dans un nuage de fumée.

Juchée sur l'engin, Léna voit défiler les cahutes, les gosses des rues, les vendeurs et les mendiants, les échoppes, les vaches et les chiens errants. Sans casque, les cheveux au vent, elle ferme les yeux quelques instants, grisée par la vitesse. Elle éprouve une étrange sensation de bien-être à s'abandonner ainsi, au milieu de la foule et du bruit.

Le deux-roues la dépose devant l'entrée de son hôtel. Léna descend, remercie la fille pour le trajet et s'apprête à tourner les talons lorsqu'elle réalise qu'elles ne se sont pas présentées. Elle revient sur ses pas et fait un geste qu'elle n'a pas prémédité. Elle lui tend la main en soufflant : *Je m'appelle Léna.* La cheffe marque un temps, sidérée. Cette main tendue sans arrogance, sans arrière-pensée, est bien plus qu'un simple salut. Elle signifie : *Tu es comme moi. Je n'ai pas peur de te toucher. Je me moque bien de ton statut et de ta soi-disant impureté. Je te considère en égale et t'offre mon respect.*

À son expression, Léna comprend que ce contact, personne ici ne l'aurait osé. Cela lui donne une bonne raison d'insister. Sa main reste suspendue dans le vide, durant quelques secondes qui semblent une éternité et viennent effacer des siècles d'outrage et d'indignité. La cheffe n'hésite pas longtemps. Elle la serre et soudain, plus besoin de mot, tout est dit. L'essentiel est là, dans ces phalanges accolées, brunes et claires, pas encore amies mais plus tout à fait étrangères.

*Moi c'est Preeti*, lâche-t-elle en redémarrant, sans plus de commentaire.

Un jour, Léna apprendra les punitions qu'on réserve aux enfants des hautes castes qui se hasardent à toucher un *Harijan*[1], comme les appelait Gandhi. Elle entendra le témoignage de cet homme, contraint à l'âge de huit ans d'avaler de l'urine et de la bouse de vache pour expier sa faute. Celui de cet autre, forcé à boire l'eau du Gange pour se purifier. Quant aux adultes qui transgressent la loi, ils risquent le rejet de leur propre clan qu'ils ont, par cet affront, déshonoré.

En regagnant sa chambre, Léna pense à la jeune femme, à cet air fier et distant qu'elle affiche en toute circonstance. Elle ne se laisse pas facilement approcher. Il y a pourtant une faille sous la cuirasse, Léna pourrait le jurer. Un espace tendre que la dureté du monde n'a pas encore entamé.

Le lendemain, alors qu'elle déjeune au *dhaba*, Léna est stupéfaite de voir débarquer la brigade. La troupe en rouge et noir se fraye un chemin entre les tables, sous la houlette de Preeti. Les clients, stupéfaits, se demandent visiblement ce qu'elle fait là, quel forfait elle est venue prévenir ou venger. En apercevant Léna, la cheffe la salue d'un geste, puis se dirige vers le tenancier, flanquée de ses

--------
1. Littéralement « enfant de dieu ».

lieutenantes qui lui collent aux talons comme un bataillon de fourmis agitées. Les bras chargés, la fillette les regarde passer, les yeux écarquillés. Léna, médusée, comprend que Preeti a changé d'avis et vient plaider sa cause. Le patron vocifère quelques mots énervés et lui ordonne de quitter la salle, mais la cheffe ne s'en laisse pas conter. Avec l'aplomb qui la caractérise, elle s'assoit, entourée de ses comparses, bien décidée à patienter. Excédé, le maître des lieux part chercher de l'aide auprès de sa femme, qui sort exceptionnellement la tête de la cuisine exiguë où elle passe ses journées. Après une vive discussion, un terrain d'entente semble être trouvé : Preeti ordonne à ses filles de quitter l'endroit et monte sur la terrasse s'entretenir avec le tenancier, en présence de Léna.

Ils restent longtemps à parler, sur le toit du *dhaba*. Aux arguments de Preeti, qui ne manque ni d'assurance ni d'énergie, le père répond par une interminable tirade que la jeune femme s'applique à traduire à Léna, au fur et à mesure du récit.

La gosse n'est pas sa fille, explique-t-il, mais celle d'une cousine éloignée venue se réfugier chez lui, il y a quelques années. Originaires du nord du pays, la petite et sa mère ont entrepris un long voyage, espérant qu'un avenir meilleur les attendrait ici. Le père de la fillette a choisi de rester là-bas, dans ce village où les gens de leur condition n'ont d'autre choix, pour subsister, que de manger du rat. Hélas, la mère était en mauvaise santé. Elle souffrait d'une affection des poumons que les traitements prodigués par le médecin du dispensaire local n'ont pas permis de soigner – triste corollaire du métier de videuse de latrines qu'elle exerçait depuis l'enfance. Elle est décédée quelques mois après leur arrivée. Le jour même, la petite a cessé de parler. Lui et sa femme l'ont recueillie, acceptant de l'élever malgré une situation précaire et de grandes difficultés financières. Issu d'une famille de pêcheurs-restaurateurs, le couple a perdu deux fils en mer, tués par les soldats sri-lankais à l'affût de la moindre chaloupe s'approchant trop près de leur terre – un conflit de longue date qui enflamme régulièrement la région. On ne compte plus les hommes qui, comme eux, sont partis un matin et ne sont jamais rentrés. Quant aux filles du couple, elles sont mariées, mères de famille et ne peuvent les aider. Le *dhaba* survit, tant bien que mal, grâce aux poissons que le patron pêche chaque matin, au péril de sa vie. Il lui arrive de sortir par gros temps, alors même qu'un avis de cyclone est lancé, car c'est ainsi : qui ne pêche pas, ne mange pas. Pour autant, la fillette ne manque de rien, affirme-t-il. Elle est nourrie, logée et bien traitée. Certes, elle ne va pas à l'école, mais aucun d'eux n'y a jamais mis les pieds. Et son aide est précieuse au restaurant – le couple n'a pas les moyens d'engager un employé.

Léna écoute, grave, le monologue traduit par Preeti. La vérité est loin de ce qu'elle imaginait. Ainsi la fillette est en deuil, déracinée ; elle grandit comme une fleur coupée, loin de tout ce qu'elle a connu et aimé. Son prénom même lui a été volé : désireux d'échapper aux discriminations dont sont victimes les Intouchables, le tenancier et sa famille ont décidé de changer de religion, à l'instar de nombreux *Dalits* de la région. Fuyant l'impitoyable diktat des castes, ils ont effacé leur identité et jusqu'à leur nom, qui révélait leur appartenance à cette communauté. Ils sont chrétiens désormais, et considérés comme tels dans les environs. Ils sont devenus *James* et *Mary*. Quant à la petite, ils l'ont rebaptisée *Holy*.

## Chapitre 7

*Holy.* Un joli nom pour un ange gardien, songe Léna. En anglais, le mot signifie *sacré*. Quelle troublante ironie.

Elle ne sait ce qui la touche le plus : le silence de l'enfant ou ce deuil impossible à porter, étrange écho au sien. La gosse a perdu tout ce qui la rattachait au passé : son père, sa mère, son village, sa maison, jusqu'à sa religion et son prénom. Le seul souvenir de sa vie antérieure est cette poupée dont elle ne se sépare jamais et dont Léna apprendra plus tard qu'elle représente Phoolan Devi, connue en Inde comme la Reine des bandits. Un cadeau de ses parents, qu'elle a dû traîner durant le voyage et garde comme un trésor, un vestige d'une civilisation disparue, engloutie.

Léna est comme elle, une rescapée. Elle a connu l'enfer et continue chaque jour à le traverser. Elle s'est exilée ici, au fin fond du sous-continent indien, pour tenter de supporter sa peine. Et voilà que le ciel lui envoie cette gamine, une petite fée infortunée, tout aussi seule et désemparée.

Elle comprend la situation précaire des restaurateurs, mais ne peut abandonner l'enfant à cette fatalité. Elle est plus que jamais pénétrée de cette évidence : Holy doit savoir lire et écrire, tracer les mots qu'elle ne peut prononcer. Ils seront son langage, l'irréductible bagage dont elle doit disposer pour être au monde, exister. En se murant dans le silence, la petite a choisi la seule forme de résistance qu'elle pouvait exercer, sans se douter que l'arme se retournerait contre elle. Elle est prise au piège à présent, bâillonnée.

Léna veut lui rendre la voix qu'on lui a dérobée. Si la gosse ne peut aller à l'école, alors l'école viendra à elle. Elle se promet de lui apprendre à lire et à écrire, en anglais. Cette langue, elle l'a enseignée vingt ans durant. Elle est largement parlée ici – depuis l'indépendance, elle est restée la langue administrative du pays. À ses élèves, Léna aimait lire les textes de Shakespeare ou de Charlotte Brontë, leur en faire apprécier la finesse et les subtilités. Hélas, elle ne pourra se reposer sur ses auteurs chéris. Il lui faudra repartir de zéro, revenir à l'alphabet et aux fondamentaux. Léna se servira d'images, de dessins, de tout ce que son expérience a pu lui enseigner, de tous les nouveaux outils qu'elle saura trouver. Elle se sent prête à relever le défi. Peu importe le temps qu'il faudra. Le temps, elle l'a. Elle prolongera son séjour de quelques semaines ou de quelques mois. À la fillette, elle doit au moins ça.

Au fond de ses bagages, elle retrouve le carnet qu'elle avait emporté afin d'y consigner ses pensées, ses notes pour la vie d'après – celle qu'elle ne parvient pas encore à imaginer. Elle a déjà du mal à conjuguer le présent, le futur lui semble hors de portée. Elle songe à cette phrase de Kierkegaard : « *La vie doit être comprise en regardant en arrière. Mais il ne faut pas oublier qu'elle doit être vécue en regardant vers l'avant.* » Depuis le drame, elle ne sait plus où regarder. Son bateau a fait naufrage ; sa boussole est cassée.

Ce carnet vierge, immaculé, elle décide de l'offrir à Holy, ainsi que le stylo qu'elle aime tant, un présent de François. Elle ne le trahit pas en s'en séparant – l'idée lui aurait plu, elle le sait. Le voilà, le cadeau qu'elle cherchait : un simple carnet, un stylo. Et des mots à coucher sur le papier.

Par l'entremise de Preeti, elle obtient de James l'autorisation de passer chaque jour une heure avec Holy, en dehors de son service au *dhaba*.

Sur la plage où elles prennent l'habitude de se retrouver, elle lui apprend à tracer les lettres de l'alphabet, dans le carnet. À chaque pause entre les services, la petite s'applique à reproduire des lignes d'écriture, que Léna corrige le lendemain. Holy se montre curieuse, appliquée. Elle progresse avec une étonnante rapidité.

Preeti se joint parfois à elles. Elle passe de plus en plus souvent au restaurant, s'attarde auprès de Léna. On dirait qu'elle s'habitue à sa présence, comme à celle d'un corps étranger que l'on finit par accepter, après l'avoir tenu à distance.

Un soir, alors que Léna s'apprête à rejoindre l'hôtel, Preeti l'invite à prendre le thé au garage. Elle a quelque chose à lui demander. Léna acquiesce, intriguée, et monte sur le scooter qui les emporte jusqu'au QG. La salle est déserte, les filles ont fini de s'entraîner. Léna s'avance pour s'asseoir sur les tapis, comme la fois précédente, mais Preeti attrape un *charpoy*[1] rangé contre un mur et lui fait signe de s'y installer. C'est une marque de respect que d'offrir un siège à son invité – une façon de lui témoigner de l'estime, apprendra Léna. Elle s'exécute, tandis que Preeti fait bouillir de l'eau, ajoute du lait et des épices, du sucre en grande quantité, et filtre le tout à travers une passoire usée. Après avoir rempli les gobelets de thé brûlant, elle en vient à sa requête. Pour la première fois, elle semble intimidée – son bel aplomb s'est envolé. Comme la quasi-totalité des filles du village, explique-t-elle, elle a arrêté l'école tôt, à l'âge de onze ans. Si elle parle l'anglais pour l'avoir appris dans les petites classes, elle ne sait pas l'écrire et cela lui fait défaut. Elle a parfois des formulaires à remplir, des documents ou des slogans

---

1. Banquette tressée faisant office de siège et de lit.

à rédiger. Elle doit solliciter l'aide des autres filles qui ne sont guère plus éduquées, ou d'un voisin bien disposé. Elle aimerait se débrouiller seule, progresser. En somme, elle souhaiterait que Léna lui donne quelques cours, ainsi qu'elle le fait pour Holy. Elle n'a pas les moyens de la rémunérer, mais se propose de l'emmener et la raccompagner en scooter.

Léna ne s'attendait pas à ça. Elle est touchée de la confiance que lui accorde Preeti, et un peu déstabilisée. Certes, elle a de l'expérience auprès des enfants mais n'a jamais enseigné à des adultes. Et puis elle ne sait combien de temps elle restera ici. Aucun de ces arguments ne décourage Preeti. Elle ne lui demande pas de s'engager, simplement de lui accorder une heure ou deux par semaine. Léna finit par acquiescer. Elles conviennent de se retrouver au garage, chaque lundi et jeudi en fin d'après-midi, après l'entraînement et les patrouilles de la journée.

Elles commencent dès le lendemain. Afin d'évaluer le niveau de sa nouvelle élève, Léna a apporté un court texte en anglais, tiré d'un livre de voyage qu'elle avait mis dans ses bagages et n'a jamais ouvert. Il y est question des temples du sud de l'Inde et de leurs traditions millénaires. Preeti contemple le morceau de papier, déconcertée. Léna comprend qu'elle ne saisit pas un mot de ce qu'elle a sous les yeux. Embarrassée, elle récupère le document : elles vont s'y prendre autrement. Improvisant un semblant de tableau au dos d'une banderole

70

déroulée, elle y inscrit les lettres de l'alphabet, et quelques termes usuels. *Bonjour, au revoir, bonne nuit, merci, pardon, s'il vous plaît, à droite, à gauche, très bien, à plus tard, à demain.*

À la fin du cours, Preeti insiste pour lui offrir du thé. C'est sa façon de la remercier. Léna commence à prendre goût à la boisson piquante et sucrée. Assises toutes deux devant le garage, leur gobelet à la main, elles regardent le jour décliner. Elles n'ont pas besoin de parler. Durant ces minutes silencieuses, Léna ressent une étrange impression de paix, comme si ses tourments s'estompaient, lentement, dans la tiédeur de la fin de journée.

Sur la plage, les progrès d'Holy sont spectaculaires. On dirait que le silence décuple ses facultés. Elle ne se sépare jamais de son carnet, qu'elle traite avec le plus grand soin, comme le stylo que Léna lui a donné. Elle délaisse le cerf-volant, qui semble avoir perdu tout attrait au regard de ce nouveau jeu, si amusant.

Un jour, sur le sable mouillé, elle trace six lettres d'un mot que Léna ne connaît pas. C'est un nom, qu'elle écrit pour la première fois. Un nom dont Léna ne tarde pas à comprendre qu'il est le sien, le vrai. Celui d'avant le voyage, d'avant la conversion. Celui que ses parents lui ont donné et qu'on lui interdit de mentionner ici, car il trahit sa naissance, son rang, sa communauté. Car il dit d'où elle vient et qui elle est.

71

Comme si un pacte invisible les liait désormais, la fillette glisse sa main dans celle de Léna. Celle-ci contemple, émue, ce prénom révélé qui rime avec le sien : L-A-L-I-T-A. Ainsi se nomme donc son petit ange gardien.

# DEUXIÈME PARTIE

*L'école de l'espoir*

## Chapitre 8

Le rêve revient, chaque nuit, et l'éveille en sursaut. Léna reste quelques instants suspendue, flottant entre deux eaux, entre deux mondes, entre deux vies. Celle d'avant et celle d'ici. Dans cet interstice où la réalité la dispute au sommeil, elle est encore là-bas, au collège, auprès de François. Elle est alors saisie de l'impression fugace qu'il suffirait d'un rien pour revenir en arrière, inverser le cours des choses. Hélas le jour s'impose, dans sa triste évidence : il n'y a pas de fin heureuse au film qui s'est joué devant elle. Pas de salut. Pas d'échappée.

Durant la journée, Léna tient ses démons à distance mais ils ressurgissent dans l'obscurité, l'agrippent et la ramènent à cet après-midi de juillet. Du drame, elle revit chaque seconde, comme si ses sens aiguisés en avaient capté les images, les odeurs, les sons, pour les lui restituer, intacts, dans une effroyable précision que n'émoussent ni le temps ni l'éloignement. Au petit matin, elle est tentée de s'enfouir à nouveau sous les draps, et d'y rester. Seule la perspective de retrouver Lalita et Preeti lui donne la force de se lever.

Elle se rend chaque jour sur la plage et deux fois par semaine au garage, pour les leçons d'anglais. Elle prend peu à peu ses marques dans le village. Les gens du coin s'habituent à la voir circuler ; elle est en quelque sorte l'Occidentale du quartier, et ce statut lui plaît. Il lui octroie de menus avantages, dont celui de bénéficier de chaï à volonté. Les enfants, en particulier, manifestent à son égard une vive curiosité. Ils s'approchent parfois, par grappes, désignant le plus déluré d'entre eux pour venir l'aborder. Léna se prête volontiers au jeu. Faute d'une langue commune, la discussion se limite à l'échange de prénoms, avant que la flopée de gamins se disperse, comme une volée de moineaux effarouchés.

Preeti ne lui pose jamais de questions. Elle ne lui demande pas ce qu'elle fait là, seule, à des milliers de kilomètres de chez elle, ni ce qui lui est arrivé. Léna lui sait gré de sa discrétion. Chaque soir à la nuit tombée, la jeune femme installe le *charpoy* et prépare le thé. C'est une cérémonie qu'elles partagent dans une complicité muette qui, peut-être, cache le balbutiement d'une amitié. Léna savoure ce moment comme un peu de temps retrouvé, un peu de douceur après l'horreur.

Elle remarque un soir au fond du garage un petit portrait accroché au mur, unique ornement du décor minimaliste. Une femme d'une trentaine d'années fixe l'objectif, les bras croisés. Elle ne sourit pas ; son visage exprime un mélange de détermination et de défiance, que sa posture ne manque pas d'accentuer. Un peu plus âgée que Preeti, elle pourrait être sa sœur, ou l'une de ses amies. Devant l'air intrigué de Léna, la jeune femme rompt le silence. Il s'agit d'Usha Vishwakarma, explique-t-elle, la fondatrice des *Red Brigades*. Une rencontre qui a changé sa vie.

Originaire d'un faubourg pauvre de Lucknow, Usha, comme la nomme familièrement Preeti, a été victime d'une tentative de viol à l'âge de dix-huit ans. Constatant le nombre effarant d'agressions sexuelles autour d'elle, et le peu de réaction de la police et des autorités, elle a décidé de réunir un groupe de volontaires pour assurer la sécurité des femmes de son quartier : ainsi est née la première *Red Brigade*. Exclusivement féminine, sa troupe s'est formée aux arts martiaux. Elle s'est mise à patrouiller dans les rues, de jour comme de nuit, intervenant en cas de harcèlement et de violences sur les filles qu'elle croisait. Au fil des témoignages qu'elle recueillait, Usha a vite compris que les arts martiaux traditionnels n'étaient pas toujours efficaces en cas d'attaque. Elle a alors entrepris de développer sa propre technique, baptisée *nishastra-kala* (littéralement *combat sans arme*). Celle-ci est basée sur une vingtaine de gestes permettant de neutraliser en moins de vingt secondes le plus coriace des assaillants. Ralliant à sa cause des hommes de bonne volonté, Usha a pu tester sur eux sa pratique, et la perfectionner.

La réputation de la brigade a grandi, dépassé les frontières du quartier, fait des émules dans les villes alentour. D'autres groupes se sont formés. Le mouvement a fini par gagner l'ensemble du pays. Décriée et conspuée à ses débuts, y compris par sa propre famille, Usha est aujourd'hui saluée et reconnue. On la cite en exemple à la radio, à la télévision, dans les journaux. On loue sa force de caractère et son pouvoir de résilience. Celle que l'on qualifie de « lionne », de « battante » est devenue un symbole, un modèle pour toutes les femmes qui refusent de se résigner et luttent contre l'oppression et la violence.

En dix ans, Usha a contribué à former plus de 150 000 filles au self-défense, mais son ambition ne s'arrête pas là : *Tant que les femmes ne pourront pas marcher dans la rue en toute sécurité, je continuerai à me battre*, répète-t-elle en multipliant les pétitions, les marches de protestation, les campagnes dans les lieux publics, les écoles, les universités. Son énergie est inépuisable et son combat, malheureusement, toujours d'actualité.

Lorsqu'elle parle d'Usha, Preeti est intarissable. Ses yeux brillent d'admiration. Elle voue un véritable culte à la jeune femme, qui a su transformer le trauma de son agression en mobilisation nationale. Elle se dit fière de se vêtir à son image, de manifester en son nom, de recruter comme elle des filles dans le village.

Bien qu'elle incite les autres à parler, à dénoncer les abus dont elles sont les victimes, Preeti ne s'étend pas sur sa propre expérience. Elle se contente d'évoquer ce voisin malveillant, croisé le jour de ses treize ans. Elle avoue la douleur, la honte. L'effroi, aussi, devant la réaction de ses parents qui, pour réparer le déshonneur de la famille, ont voulu la marier à l'homme qui l'avait agressée. Une trahison qu'elle n'a jamais pardonnée. Révoltée par l'indigne arrangement auquel ils la poussaient, elle a préféré fuir. Plus jamais ça, s'est-elle juré. Elle est partie la nuit, chargée d'un maigre baluchon, laissant derrière elle sa maison et tous ceux qu'elle aimait, ses frères et sœurs et ses amis. Seule sur les routes, elle a eu peur, faim et froid. Elle a vite pris conscience de sa vulnérabilité : ici, les filles sont des proies. Elle tressaille aujourd'hui à la pensée de ce qui aurait pu lui arriver. Un peu partout dans le pays, les réseaux de prostitution enlèvent des milliers de gamines pour les envoyer dans le terrible quartier de Kamathipura, à Bombay, où elles sont vendues, battues et asservies – on y trouve la plus forte concentration de maisons closes au monde. Le long de la célèbre Falkland Road, il n'est pas rare de voir des fillettes de douze ans en cage : les plus jeunes sont les plus chères et les plus prisées. Elles ne touchent pas de salaire, doivent travailler à la chaîne, jour et nuit, durant des années, dans des conditions d'hygiène précaires, pour rembourser leur prix d'achat à la matrone du cloaque où elles sont enfermées. Un esclavage sexuel assorti de mauvais traitements, sur

lequel le gouvernement ferme les yeux. Parfois surnommé
« le paradis des hommes », l'endroit est assurément l'enfer des femmes. Les trafiquants peu scrupuleux savent où
chercher leurs jeunes recrues et sillonnent sans relâche les
villages pauvres et les usines à tapis, inépuisables viviers
de leur commerce.

Par chance, Preeti a trouvé refuge dans un foyer tenu
par une association locale œuvrant pour la protection
des jeunes filles. C'est là qu'Usha lui est apparue, à la
faveur d'un reportage télévisé diffusé sur un vieux poste,
un soir où, miraculeusement, l'électricité fonctionnait.
Un témoignage en forme de révélation. Dès le lendemain, Preeti a contacté les leaders de la brigade locale
et s'est enrôlée. Au cours de sa formation, elle a pu rencontrer Usha en personne, et la remercier. Élève assidue,
elle s'est révélée douée pour le self-défense ; elle a rapidement progressé et gravi les échelons. Aujourd'hui à
la tête de sa propre brigade, elle est heureuse d'aider les
autres, comme elle-même l'a été. Sa troupe est devenue
sa famille. De cette grande chaîne d'espoir et de solidarité, elle se voit comme un petit maillon, dérisoire et
pourtant essentiel. Une main tendue, à d'autres mains
liée.

Chaque soir avant de se coucher, elle regarde la photo
d'Usha punaisée au mur, dont les yeux semblent la fixer.
Elle puise en cette image la force de continuer ; son idole
lui transmet son courage et sa volonté, elle guide chacun

de ses pas. C'est ainsi : Preeti ne croit plus en Dieu, mais elle croit en Usha.

Aux yeux de tous, elle est cette jeune femme fière, sans complaisance et sans pitié, qui ne laisse rien paraître de sa fragilité. Un jour, pourtant, elle avouera à Léna qu'après certains témoignages d'agressions la ramenant trop durement au passé, elle rentre seule, le soir au garage, et se met à pleurer. Ses larmes, elle ne les montre pas. Elles restent là, cachées derrière les parpaings et la tôle ondulée.

De séance en séance, Léna apprend à connaître cette fille farouche au caractère bien trempé, dont elle ne tarde pas à comprendre qu'elle est semblable à son thé : rugueuse et abrupte au premier abord, Preeti révèle des nuances et une sensibilité insoupçonnées, que Léna se surprend, au fil du temps, à apprécier.

## Chapitre 9

Comment se faire comprendre d'une élève dont on ne parle pas la langue ? Comment lui expliquer des mots qu'on ne sait pas nommer ?... Auprès de Lalita, Léna ne tarde pas à mesurer la complexité de cette tâche. Malgré ses vingt ans d'expérience, ce nouvel exercice relève du défi. Elle sait qu'elle ne pourra se reposer sur ses acquis : il lui faut établir un programme. Elle se met au travail d'arrache-pied, s'aidant d'illustrations et de dessins, de méthodes trouvées sur des sites qu'elle passe ses nuits à consulter.

Elle pense à Usha élaborant sa propre technique de combat, comme Preeti le lui a raconté. Elle aussi doit choisir ses armes, faire preuve d'inventivité, s'adapter si elle veut remporter la bataille. L'intelligence et la vivacité d'esprit de l'enfant sont ses meilleurs alliées. Ensemble, elles développent une forme de communication faite de gestes, de regards, d'expressions qu'elles sont les seules à décrypter. Tel un dialecte nouveau qui n'aurait pas besoin de mot pour être compris ni parlé.

Il arrive que James et Mary les observent, circonspects, les regardant s'agiter autour du carnet. Ils n'interviennent pas, ne s'immiscent jamais dans leurs échanges. Ils se contentent d'y assister, en spectateurs muets, avant de retourner à leurs activités.

Lalita progresse plus vite que Léna ne l'avait espéré. Elle est animée d'une curiosité, d'une soif d'apprendre qui étonne sa professeure et parfois, la dépasse. Piochant dans la boîte de crayons que Léna rapporte un jour du marché, la fillette commence à dessiner. Elle se met à raconter son passé, en images. Elle esquisse un village, des femmes portant des paniers, des hommes chassant des rats dans les champs. Elle se représente, le soir avec ses parents, dormant près d'eux, serrée contre sa poupée. Elle livre aussi l'incroyable voyage que sa mère et elles ont entrepris depuis le nord du pays. Ses dessins figurent un bus, un train surpeuplé, des villes inconnues, le temple immense où elles se sont arrêtées. L'un d'eux, en particulier, retient l'attention de Léna : on les voit toutes deux arriver au village, le crâne rasé. Léna a entendu parler de cette coutume ancestrale du don des cheveux, offerts en hommage aux dieux. Ceux de l'enfant ont repoussé, ils sont à nouveau longs et épais.

Sous les traits de crayon maladroits, Léna voit défiler la vie de la fillette, une succession de renoncements et de séparations. Lorsqu'elle saura écrire, plus tard, Lalita lui confiera son vœu le plus cher : devenir conductrice de bus pour refaire le chemin à l'envers et retourner là-bas, dans son village, auprès de son père.

Quelques semaines après la première leçon de Preeti, il se produit une chose étrange. Léna voit débarquer au garage deux filles de la brigade, qu'elle connaît pour les avoir souvent croisées. Celles-ci lui demandent l'autorisation d'assister au cours d'anglais. Elles promettent de ne pas faire de bruit, de ne pas déranger : elles voudraient juste écouter. Un peu étonnée, Léna n'ose refuser, les laisse s'asseoir face au tableau improvisé.

Deux séances plus tard, elles sont cinq à s'installer sur les tapis. L'une est venue avec sa sœur, l'autre avec une amie. C'est bientôt une dizaine de filles qui prend place dans la salle. Les jeunes recrues suivent Léna des yeux dans un silence quasi religieux, buvant ses paroles comme celles d'un demi-dieu. Léna s'amuse de les voir si sauvages à l'entraînement, et si sages ici. Certaines lui déposent un cadeau en fin de séance, des *idlis*[1] ou des *chapatis*, d'autres se proposent de lui faire visiter la région, de l'emmener au temple du Rivage ou aux grottes de Varaha. L'une d'elles offre même de lui enseigner le *nishastrakala*. Léna décline en riant : elle n'a pas l'âme d'une guerrière, préfère plus classiquement la natation ou le yoga.

---

1. Petits pains de riz et de lentilles cuits à la vapeur.

La nouvelle se répand bientôt dans les environs, de cahute en maison. Des filles se pressent devant le QG, d'autres hésitent à entrer. Toutes sont intriguées par cette étrangère qui offre ses services et son temps à qui veut en profiter. Il n'y a ni engagement ni obligation, aucun prix à payer. Juste une heure à partager, au fond de ce faubourg, dans un garage désaffecté.

Léna est la première surprise de cet engouement, qui révèle le fort taux d'analphabétisme dans le quartier. La plupart des jeunes femmes qu'elle rencontre sont illettrées. Elle tente de leur faire suivre le programme de Lalita, mais se heurte à une difficulté de taille : à l'exception d'une poignée de filles assidues, les autres ne reviennent pas, ou occasionnellement. Elles sont happées par le quotidien, les tâches domestiques, la charge de leurs familles, de leurs enfants, de leur travail, l'urgence de trouver à manger. Léna est vite débordée par l'assemblée nombreuse qui se presse aux portes du QG ; les têtes ne sont jamais les mêmes, elle doit souvent reprendre ce qu'elle a déjà expliqué. Les leçons s'enchaînent sans se ressembler, la laissant de plus en plus confuse et insatisfaite.

Elle finit par perdre son sang-froid. Un soir, elle confie à Preeti qu'elle ne peut continuer ainsi : *Il faut fixer des règles*, explique-t-elle, *établir des groupes de niveaux.* Distinguer celles qui ont des notions d'anglais de celles qui partent de zéro. Les filles doivent s'engager à être plus régulières si elles veulent progresser. *L'apprentissage de la lecture est un marathon*, dit-elle. *À ce jeu, mieux vaut un coureur de fond qu'un sprinteur occasionnel.*

Preeti comprend, et s'emploie dès le lendemain à mettre de l'ordre dans les rangs. De son côté, Léna accepte d'augmenter la fréquence des séances, désormais quotidiennes. Celles qui ne peuvent y assister feront de leur mieux pour rattraper les exercices. Si certaines abandonnent, d'autres parviennent à se discipliner et font d'incontestables progrès.

Preeti, en revanche, n'avance pas. Au bout de quelques semaines et malgré des efforts constants, elle ne parvient toujours pas à déchiffrer les textes les plus simples. Au cours de ses années d'enseignement, Léna a côtoyé nombre d'élèves en difficulté et commence à soupçonner un problème sous-jacent, indépendant de l'anglais. Elle finit par en avoir la quasi-certitude : Preeti est dyslexique. Un obstacle de plus à surmonter. La jeune cheffe encaisse la nouvelle et jure de travailler davantage. La nuit, dans la solitude du garage, elle reprendra chaque mot, chaque expression, chaque idiome, jusqu'à ce que ceux-ci lui deviennent parfaitement familiers. À l'entraînement, elle a l'habitude de répéter des centaines de fois les prises et les mouvements : elle fera de même pour l'anglais.

Léna admire sa détermination. Dans l'adversité, Preeti ne baisse pas les bras. Elle est comme le roseau luttant contre le vent : elle plie mais ne rompt pas.

*Chapitre 10*


Le document est là, sous ses yeux. Léna contemple, abattue, la date d'expiration de son visa : l'échéance approche à grands pas. Bien sûr, elle le savait, mais elle évitait d'y penser, repoussait l'idée dans un coin reculé de sa conscience, comme on le fait d'une opération douloureuse que l'on espère ainsi naïvement différer. Elle tente de s'adresser au consulat français, sans succès : les autorités indiennes limitent la durée des visas touristiques à quatre-vingt-dix jours, pas un de plus. Aucune prolongation ne peut être accordée.

Léna ne sait comment annoncer la nouvelle à Lalita et à Preeti. La perspective d'interrompre ce qu'elles ont entrepris l'accable. La fillette commence à comprendre l'anglais, elle parvient à écrire quelques phrases. Quant à Preeti et sa troupe, elles avancent aussi, plus lentement mais avec courage. Une porte s'est ouverte dans leur esprit, que le départ de Léna va immanquablement refermer. La manœuvre est cruelle. Elles ont entrevu la possibilité de s'instruire, d'accéder à un savoir qui leur était refusé. Après y avoir goûté, elles vont devoir y renoncer. Léna n'a pas mesuré la portée de son entreprise. Tout cela lui paraît vain, aujourd'hui. Elle maudit son manque de clairvoyance et sa bonne volonté drapée d'inconséquence.

Certes, elle n'a rien promis. Elle n'avait prévu ni l'accident sur la plage, ni la rencontre avec Lalita, ni la demande de Preeti. Le lien entre elles s'est tissé, au gré du hasard et des événements. Imperceptiblement, Léna s'est attachée à ce village et à ses habitants. Malgré l'âpreté du quotidien, une forme de connivence est née.

Qu'aurait-elle dû faire ? S'enfermer dans sa chambre d'hôtel en restant sourde à ce qui l'entourait ? Feindre de jouer les âmes charitables en distribuant quelques billets ? D'aucuns objecteraient que ce qu'elle a donné est déjà un cadeau, mais elle n'est pas du genre à se satisfaire d'un si mince argument.

Une autre pensée la tourmente, plus insidieuse – et beaucoup moins généreuse. Léna craint de retourner en France ; elle se demande ce qui l'attend là-bas. Depuis quelques jours, elle dort mal, a le ventre noué. Ses cauchemars recommencent. Elle doit bien se l'avouer : la mission qu'elle s'est fixée ici n'est qu'une tentative déguisée d'offrir un dérivatif à son chagrin. Sous son costume de bienfaitrice providentielle se cache une femme terrorisée, peut-être plus fragile encore que ceux qu'elle prétend aider. Elle ignore comment elle survivra à ce voyage qui la rend à elle-même, aux démons du passé.

Sur la plage, elle explique à Lalita qu'elle doit s'en aller, retourner dans son pays. La petite ne comprend pas, alors Léna dessine un avion. Le regard de l'enfant s'éteint, comme la flamme d'une bougie qu'on viendrait de souffler. Dans ses yeux, Léna perçoit un mélange de désarroi et de tristesse, une forme de résignation qui la transperce. Elle déteste le rôle qu'elle est en train de jouer : elle a voulu endosser le costume de la bonne fée et se retrouve, au douzième coup de minuit, dans celui de la touriste qui s'enfuit. Elle a beau promettre qu'elle reviendra, la fillette ne semble pas y croire. Elle a connu tant de renoncements, tant de séparations. Elle a déjà perdu son père, sa mère, son village, sa religion, son nom… Et voilà que la vie lui enlève aujourd'hui la seule personne qui s'intéresse à elle et lui accorde de l'attention. La seule à la traiter non comme un être inférieur et muet, mais comme une petite fille intelligente et vive, douée de grandes capacités.

En l'abandonnant au *dhaba*, ce soir-là, Léna sent son cœur se serrer. Elle donnerait n'importe quoi pour lui prendre la main et l'emmener avec elle. Bien sûr, elle sait la chose irréalisable : elle n'a aucune légitimité, aucun droit sur cette petite – certainement pas celui de l'arracher à sa culture, sa famille, son pays. Elle mentirait toutefois en disant que l'idée ne l'a pas traversée. Elle se prend parfois à rêver qu'elle l'inscrit à l'école, en France, et la regarde grandir, apprendre, jouer... Parler, peut-être, un jour ?... Elle songe que le monde est mal fait. Elle-même n'a jamais eu d'enfant – François ne pouvait pas en avoir. Après dix ans d'essais infructueux et de tentatives de traitements, ils ont envisagé d'adopter, ont même rempli une demande d'agrément. Ils ont finalement renoncé devant la complexité des démarches et les nombreux obstacles à surmonter, considérant que leur métier d'enseignant leur donnait l'opportunité d'être entourés d'enfants et de se consacrer à eux, à plein temps.

Léna n'a pas de regret. Cette vie, elle l'a choisie. L'amour de François l'a remplie, accompagnée, comblée durant toutes ces années. Ils n'ont jamais été parents mais ont été tant d'autres choses, amis, complices, amants. Ensemble, ils ont tant partagé. Ils se sont investis dans leur mission, multipliant les ateliers, les sorties, les cours de soutien, les échanges, les voyages scolaires, les spectacles de fin d'année. Ce chemin, Léna le referait à l'identique si elle le pouvait. Elle ne changerait rien.

Rien, si ce n'est ce funeste après-midi de juillet.

Le jour du départ, Preeti et les filles insistent pour la conduire à l'aéroport. Léna pensait prendre un taxi mais elle ne veut pas les contrarier. Elle les regarde charger ses sacs à l'arrière des scooters, et monte derrière Preeti.

Elle arrive à destination, dûment escortée. Devant les portes vitrées du grand hall, les adieux sont brefs. La cheffe n'est pas du genre à s'épancher. En guise de salut, elle se contente de lui tendre la main. Léna sourit de ce geste en apparence si anodin, dont elle saisit maintenant le sens et la portée.

Dans l'avion, elle revoit les semaines et les mois qui viennent de s'écouler. Elle est prise de vertige à l'idée de regagner sa maison, silencieuse comme un mausolée, où rien ni personne ne l'attend. Pour conjurer l'angoisse qu'elle sent monter, elle avale deux cachets, tente de se caler dans l'inconfortable fauteuil de classe économique où elle est installée, et ne tarde pas à sombrer dans un demi-sommeil agité, peuplé de visions étranges, de petites filles courant sur la plage et de mer démontée.

*Chapitre 11*

Est-ce le décalage horaire ? Le changement de climat ?... De retour en France, Léna est prise d'un
curieux sentiment. Elle a l'impression de flotter,
comme si elle percevait le monde à travers une épais-
seur ouatée, comme si une distance nouvelle la sépa-
rait des lieux qu'elle traverse, des gens qu'elle retrouve.
De la banlieue nantaise où elle a passé tant d'années,
elle connaît chaque rue, chaque place, chaque carre-
four. Elle pourrait jurer toutefois que quelque chose a
changé. Au fil du temps, sa perception se précise, avant
qu'elle ne parvienne à la nommer : elle se sent étrangère à ce qui l'entoure, absente, en retrait. Comme si
elle marchait à côté d'elle-même, à l'ombre de la vie
qu'elle a jadis menée.

Elle éprouve pourtant du plaisir à revoir ses proches,
ses anciens collègues et amis, qui tous lui témoignent
une sincère affection. Ils l'invitent au restaurant,
au cinéma, lui proposent randonnées, concerts ou

week-ends, présumant qu'elle a besoin d'activité et de compagnie. Léna apprécie leurs attentions mais n'arrive pas à savourer ces moments, ni à s'intéresser à leurs conversations – le travail, la famille, la maison... Elle peine à s'ancrer dans l'instant présent. Ses pensées la ramènent invariablement là-bas, à Mahäbalipuram, auprès de Lalita. Elle ne peut s'empêcher de se demander comment elle va, si James et Mary lui laissent un peu de répit au *dhaba* ; si elle continue à travailler, à déchiffrer les livres en anglais qu'elle lui a laissés. Léna n'a aucun moyen de les joindre, de communiquer avec eux, et ce silence lui pèse. Par chance, elle a gardé le contact avec Preeti, dotée d'un téléphone portable. Elles s'appellent régulièrement. La jeune femme passe au restaurant chaque semaine pour s'assurer que la petite va bien, qu'elle ne manque de rien.

Léna est bientôt saisie d'une certitude : il lui sera impossible de reprendre le cours de sa vie ici. Elle a l'impression de se tenir à la lisière de deux mondes, n'appartenant ni tout à fait à l'un, ni tout à fait à l'autre. Elle a voulu faire un pas de côté en entreprenant ce voyage, et ce pas s'est transformé en fossé.

Lors d'une nuit plus agitée que les autres, une idée lui vient. Une idée singulière, insensée.

Bâtir une école à Mahäbalipuram.
Une école pour Lalita,

94

Et pour toutes celles et ceux qui, comme elle, ne sont pas nés au bon endroit.
Leur donner ce que la vie leur a refusé.
Tout recommencer,
Repartir de zéro.
Accepter ce qui est.
Vivre, à nouveau.
Renaître, peut-être.

Dans son esprit, ces quelques mots s'énoncent si clairement que Léna pourrait jurer, en s'éveillant, que quelqu'un s'est penché sur elle et les lui a soufflés à l'oreille, pendant qu'elle dormait.

Elle ne croit ni aux fantômes ni aux esprits mais cet appel vient d'ailleurs, elle le sent. Est-ce François qui s'adresse à elle, de là où il est ? À moins que ce ne soit la mère de Lalita, que la petite s'est appliquée à dessiner. Elle rêvait que sa fille aille à l'école, a dit James ; elle a tout quitté, traversé le pays dans l'espoir de lui offrir un avenir meilleur. Léna songe qu'elle pourrait aujourd'hui poursuivre l'aventure et exaucer son souhait. Cette femme, elle ne l'a jamais rencontrée, elle ne sait rien d'elle mais elle lui fait un serment : Lalita saura lire et écrire, elle s'y engage solennellement.

Léna s'est maintes fois demandé pour quelle raison elle avait été sauvée, ce jour-là, sur la plage. La réponse lui apparaît clairement : elle doit vivre pour créer cette école, tendre la main à Lalita et la tirer de la misère. Malgré le deuil et le chagrin, Léna veut croire que la vie est devant, toujours devant. Car elle sait désormais que là-bas, tout au bout du monde, une petite fille l'attend.

## Chapitre 12

Lalita est assise sur le sable, immobile. Elle ne joue pas comme elle en a l'habitude ; le cerf-volant posé près d'elle, elle fixe l'horizon, comme si elle attendait de lui un signe, une apparition. Soudain, elle tourne la tête et se fige. Est-elle en train de rêver ? Est-ce Léna ?... Oui, c'est bien elle ! Elle avait promis qu'elle reviendrait et elle est là. En un éclair, la fillette se lève et court se jeter dans ses bras, dans un élan si vif et si spontané que Léna manque de tomber. Lalita l'étreint comme si sa vie en dépendait. On dirait que son existence tient là, tout entière, dans cet instant qui n'est pas seulement un moment de joie mais porte aussi en lui l'espoir, l'affection, la confiance retrouvée.

Léna est renversée par l'émotion de la fillette. Elle n'a jamais eu d'enfant mais elle se sent devenir mère, étrangement, en serrant cette petite que la vie lui confie. C'est un drôle de sentiment, qu'elle n'a jamais éprouvé pour aucun de ses élèves, même pour les plus attachants, et qu'elle découvre ici, auprès de cette gamine muette d'à peine dix ans. La tendresse de Lalita est un baume, un onguent, quelques grammes de douceur face au tumulte du monde, qui viennent adoucir sa peine, alléger ses tourments.

Au *dhaba*, James et Mary accueillent froidement le retour de Léna. Ils semblent se demander ce qu'elle veut, ce qu'elle fait encore là. Ils n'ont pas l'air de considérer d'un bon œil le lien grandissant qui l'unit à la fillette. Lalita la suit partout, petit Jiminy Cricket silencieux et fidèle, guettant chacune de ses apparitions. Elle s'absente de plus en plus souvent du restaurant, lui emboîtant le pas à la moindre occasion, se soustrayant à leur autorité. Léna ne sait pas encore qu'en agissant ainsi, elle leur fait un affront dont elle paiera le prix fort.

Le soir de son arrivée, elle rejoint Preeti et sa troupe au QG. Toutes sont heureuses de la retrouver. Autour du chaï rituel, Léna leur confie son projet, exaltée. Preeti ne l'a jamais vue ainsi : malgré la fatigue du voyage, Léna semble animée d'une énergie nouvelle, quasi surnaturelle. *Je vais créer une école pour les enfants du quartier*, déclare-t-elle. *Les leçons pourraient se tenir ici, au garage, tous les matins jusqu'en début d'après-midi. La brigade disposerait des locaux le reste de la journée. Il faudrait réorganiser les lieux, repeindre les murs, vider la cour, évacuer les carcasses de voitures... On pourrait réutiliser les pneus, concevoir une aire de jeux...*

Léna a pensé à tout. Elle évoque même le pauvre banyan, qui peine à émerger derrière son tas d'épaves. Libéré de ses entraves, il offrirait un ombrage appréciable, les mois d'été. Elle affirme qu'elle a mûrement réfléchi son projet : il n'est pas irréalisable. Il demande seulement du travail, du courage, et la collaboration des habitants du village. Léna espère aussi le soutien de Preeti. Après tout, c'est elle qui est venue la solliciter pour les leçons d'anglais. Ensemble, elles ont allumé un feu, une petite flamme qu'elles ont entretenue, de séance en séance, et qu'il ne tient qu'à elles de transformer en grande flambée.

Preeti l'écoute, sans l'interrompre. Bien sûr, l'idée la séduit, mais elle se montre prudente. Léna a-t-elle bien réfléchi ? Est-elle réellement prête à s'engager ? Personne ne rêve de vivre ici, soupire-t-elle. Dans la région, le quotidien est dur, elle peut en attester. Elle n'a jamais questionné Léna sur les raisons de sa présence ici, mais semble se demander aujourd'hui ce qui peut bien pousser une Occidentale à quitter sa vie confortable pour s'installer dans un endroit si pauvre, loin de tout ce qu'elle connaît.

Entre elles, il y a ce mystère, ces mots qu'elles n'ont pas échangés, ce chagrin que Léna veut taire. Un jour, peut-être, elle parlera. Elle racontera le drame qui lui a pris François, cet après-midi de juillet où tout a basculé.

Mais ce n'est pas le moment. À cet instant, elle veut seulement penser à son projet, à cette école qui lui donne une bonne raison de tenir debout, d'exister.

Preeti reprend : mettre à disposition le QG, pourquoi pas... Et après ? Où trouver les fonds pour subvenir aux travaux ? Comment payer les frais de fonctionnement, le salaire des enseignants, l'achat du matériel, des livres, des cahiers ?... Elles ne pourront pas demander une roupie aux gens du coin, ils n'ont pas même de quoi s'acheter à manger. Les écoles d'État bénéficient de subventions, mais il est inutile d'attendre quoi que ce soit des autorités : celles-ci se moquent d'instruire les gosses des bas quartiers. Quant aux autorisations préalables, il faudra s'armer de patience, cheminer dans les méandres de l'administration indienne gangrenée par la corruption. Léna devra faire preuve de détermination, de confiance, et disposer d'une certaine réserve de billets pour obtenir des élus locaux la moindre signature sur le moindre bout de papier. En Inde, ce type de démarche peut prendre des mois, voire des années.

Léna est consciente que l'argent est le nerf de la guerre. Elle a réfléchi à différentes façons de financer son projet : lancer des collectes dans les établissements où elle a enseigné ; solliciter ses collègues, ses amis, ses relations ; établir des jumelages, des parrainages d'enfants ; obtenir des dons d'organismes privés, indiens et français.

Elle songe aussi à ce pécule que François et elle ont constitué, durant des années. Ils rêvaient d'une maison de pêcheur dans le golfe du Morbihan. Ils aimaient la beauté de la mer et des paysages, la douceur de l'été, les balades sur la plage au milieu des rochers. François voulait un bateau. Il disait que le bonheur ressemblait à ça : les cheveux dans le vent et les pieds dans l'eau. Ils venaient juste de trouver une petite masure qu'ils projetaient de retaper, lorsque le pire est arrivé.

Sans François, Léna n'a pas eu le cœur de continuer. Ce projet leur appartenait à tous deux. Comment l'aurait-elle conjugué au singulier ? Elle a renoncé à la Bretagne, à la maison dont chaque pierre lui rappelait son absence. Elle s'est exilée loin, sur une terre qu'aucun d'eux n'avait jamais foulée, vierge de tout souvenir, pour essayer de se reconstruire. Certains de leurs amis n'ont pas compris ; ils ont pensé qu'elle tentait de fuir. Léna n'a pas cherché à les détromper. Le deuil est un chagrin indivisible, que nul ne vous aide à porter. À chacun de s'en arranger.

Il lui semble aujourd'hui qu'investir dans l'école est une juste façon de rendre hommage à François. Léna sait qu'il l'aurait soutenue dans cette voie. Ils partageaient le même engagement pour ce métier et les mêmes convictions, depuis le jour de leur rencontre à l'université.

Leur histoire n'était pas de celles qui inspirent les films bollywoodiens : il n'y avait pas de rebondissements, pas de péripéties, pas de grandes déclarations. Juste une tendresse infinie, une complicité de corps et d'esprit. Un bonheur fait de mille petits riens, qui ne craint pas l'épreuve du quotidien mais s'en trouve renforcé. Un amour au long cours.

Un amour, tout court.

Léna veut croire que l'aventure n'est pas terminée. Que quelque chose de François survivra, dans l'école qu'elle s'apprête à fonder. Elle aime l'idée qu'il y contribue, qu'il en fasse partie, de là où il est.

Preeti comprend, à l'écouter, que son initiative n'a rien d'un fantasme ou d'une lubie. Qu'il ne s'agit pas d'une chimère mais d'une entreprise de survie. Il n'est plus question, alors, de tenter de l'en dissuader. Il faut réunir les filles de la brigade, se retrousser les manches et se mettre au travail, à ses côtés.

## Chapitre 13

Ce matin, malgré les fortes chaleurs annoncées, la troupe est réunie au grand complet devant le QG. Surmontant sa méfiance instinctive, Preeti a consenti à solliciter l'aide de quelques hommes du quartier. Des frères, des cousins, des amis des filles de la brigade sont venus leur prêter main-forte. En bonne meneuse, la cheffe distribue les tâches, répartit les espaces à déblayer : les plus charpentés s'emploieront à évacuer les épaves de voitures. Les autres se chargeront du nettoyage et de la peinture ; quant aux plus jeunes, comme Lalita, ils décoreront les murs en y traçant des mandalas.

Le travail démarre à l'aube, cesse aux heures les plus chaudes de la journée, puis reprend jusqu'à la tombée de la nuit. À ce stade, il faut une bonne dose d'imagination pour voir en ce vieux garage autre chose qu'un bâtiment délabré. Qu'importe. Galvanisés par l'énergie et le charisme de Preeti, tous s'activent dans l'air brûlant. La jeune femme se révèle aussi convaincante en cheffe de chantier qu'en entraîneuse de self-défense. Dans de grands chaudrons, ses lieutenantes préparent du riz et des lentilles pour nourrir cette armée improvisée, tandis que d'autres font cuire des *chapatis*.

La deuxième journée débute à peine lorsqu'une des filles de la brigade se met à hurler : elle vient d'apercevoir un cobra sous un amas de ferraille ! En un instant, l'endroit se vide : ici, tous redoutent le célèbre Naja. On dit que son venin est l'un des plus puissants du monde. Il paralyse en quelques minutes sa proie qui, faute d'un sérum, meurt étouffée. Des dizaines d'espèces de serpents venimeux que l'on croise dans le pays, il est assurément le plus terrifiant.

Preeti elle-même, d'ordinaire si téméraire, a l'air paniquée et tremble comme une feuille. Quant aux hommes de bonne volonté, ils refusent de poursuivre les travaux dans ces conditions. Le « cobra à lunettes » n'est pas réputé agressif mais réagit instantanément lorsqu'il est attaqué, ou involontairement piétiné. Hors de question de remettre un pied sur le terrain !

Léna se retrouve bientôt seule et désemparée devant la cour partiellement déblayée. Il n'y a qu'une solution, souffle Preeti : faire venir un charmeur de serpents. Ils sont nombreux dans la région, et très sollicités en période de mousson – la pluie fait souvent sortir les reptiles de leurs nids, causant de grandes frayeurs à la population.

L'homme se présente le lendemain au garage. Originaire d'un village voisin, il paraît sans âge – la peau de son visage est sèche, aussi tannée qu'un parchemin. Muni d'une bêche à cobras, il s'avance dans la cour, chaussé de simples claquettes comme le sont tous les gens du coin. Léna paraît effrayée mais l'homme explique à Preeti qu'il connaît son affaire : il exerce ce métier depuis l'âge de dix ans – chez les *Sapéras*[1], la communauté dont il est issu, le savoir-faire se transmet de génération en génération. Dans sa famille, on apprend aux enfants de trois ans à charmer les cobras en agitant doucement le poing pour les adoucir et les hypnotiser. Cela n'a rien d'une fantaisie : c'est une question de survie. Les champs grouillent de serpents, et les paysans n'ont pas les moyens de se procurer sérums et remèdes. Repérant à cet instant un trou à quelques pas du banyan, l'homme saisit sa bêche et creuse délicatement : il finit par révéler un nid dans lequel sommeille un interminable cobra, soigneusement enroulé. C'est là qu'il faut se montrer prudent, précise-t-il en conseillant aux filles de s'écarter. Recommandation superflue : à la vue de la bête, Léna manque défaillir. Du bout de son bâton, le charmeur déloge l'animal, qui se met à siffler d'un air menaçant. D'un geste rapide et sûr, le chasseur l'empoigne par la queue, à mains nues, et le soulève vigoureusement, tête en bas. *Ainsi tenu, il n'a pas la force de se redresser ni d'attaquer*, précise-t-il à Léna et Preeti ébahies, avant d'aller

---

1. Sous-caste de chasseurs et de charmeurs de serpents.

déposer sa prise dans un panier qu'il prend grand soin de refermer. *Un cobra royal*, annonce-t-il fièrement. L'espèce la plus dangereuse, dont la morsure suffit à terrasser un éléphant.

L'air de rien, l'homme reprend son exploration méthodique du terrain. Il ne tarde pas à revenir, chargé d'un deuxième spécimen tout aussi impressionnant que le premier. *La cour est infestée de bestioles !* dit-il. Il déclare que l'opération lui prendra la journée. Au lieu du prix initialement demandé, il réclame 100 roupies par serpent. Léna et Preeti échangent un regard consterné. La cheffe proteste, entreprend de discuter, se lance dans une conversation en tamoul dont Léna ne saisit pas un mot mais que la jeune femme s'empresse de lui traduire : le chasseur évoque les risques, sans compter la peine qu'il encourt si quelqu'un le dénonce. Son activité est depuis longtemps interdite, en raison des mauvais traitements qu'un certain nombre de charmeurs infligent aux serpents. Lui n'est pas de ceux qui leur cousent la bouche ou les écorchent vivants pour faire commerce de leurs peaux, mais il sera traité comme eux, envoyé en prison et condamné à une lourde amende. Comment sa famille survivra-t-elle ? Les gens de sa caste n'ont pas d'autre moyen de subsister : ils ne disposent d'aucune terre et ne savent exercer aucun autre métier. Il conclut la discussion en menaçant de relâcher sous leurs yeux les deux énormes cobras qu'il vient de capturer.

Preeti fulmine. Comme certains jouent du *pungi*[1] pour hypnotiser les serpents, l'homme sait bercer son interlocuteur d'un chant savamment préparé. Il doit répéter son laïus à tous les villageois qui font appel à lui et qui, terrifiés, sont contraints de lui céder.

Après avoir tenté de négocier, la cheffe finit par abdiquer – la peur du cobra a raison de sa ténacité. Lorsque le charmeur quitte le QG à la tombée de la nuit, la cour est libérée de ses occupants – et Léna délestée de quelques milliers de roupies.

---

1. Sorte de flûte ou clarinette rustique.

*Chapitre 14*

Léna est vite submergée par toutes les démarches admi-
nistratives à mener. Pour assurer la gratuité de l'école aux
enfants, il faut créer une ONG, et pour cela réunir une
vingtaine de personnes acceptant de se porter garantes de
son projet, mettre en place un conseil d'administration,
créer un acte de fiducie, procéder à son enregistrement,
solliciter des subventions... Sans compter le *business plan*
à établir, la liste des financements potentiels, le tableau des
dépenses prévisionnelles. En parallèle, elle va devoir obtenir l'accord des autorités éducatives et scolaires de l'État,
tout en se soumettant aux lois et aux règlements établis
par le gouvernement. Un véritable casse-tête indien !

Elle a parfois l'impression de se perdre dans un laby-
rinthe sans issue. Elle passe des heures à patienter dans des
couloirs bondés, des bureaux envahis de papiers, face à des
employés placides qui lui signifient invariablement qu'il
manque encore une signature ou un document. Elle est
renvoyée de la mairie du village aux services administratifs

à Chennai, pour revenir à l'endroit même d'où elle est partie. Il lui faut obtenir l'accord de tel fonctionnaire malade qui n'est pas remplacé et que nul autre ne peut délivrer ; attendre que l'ordinateur en panne de telle secrétaire soit enfin réparé. Quand, par miracle, le dossier se révèle complet, il est malencontreusement égaré, et Léna renvoyée à la case départ. À la manière de ces *escape games* qu'affectionnaient tant ses élèves français, elle se sent prisonnière, à une différence près : le jeu ne l'amuse pas.

De ce dédale sans fin, une baguette magique pourrait ouvrir les portes, elle le sait. Elle refuse toutefois de recourir à ce genre de pratique. Une question de principe, affirme-t-elle lorsqu'un élu local lui suggère de financer les travaux de sa résidence secondaire en échange de l'agrément convoité. Certes, ces billets « coupe-file » permettraient de griller les étapes de son parcours du combattant, mais Léna veut tenir bon, tenir droit le gouvernail de son embarcation. Non qu'elle s'accroche farouchement à sa rectitude et à une certaine idée de la moralité – elle pourrait y renoncer comme à tant d'autres choses –, mais plutôt parce qu'elle craint de mettre le doigt dans un engrenage dangereux. Il en est des fonctionnaires véreux comme des serpents : mieux vaut garder ses distances et les éviter.

Une autre tâche délicate l'attend : elle doit engager un instituteur ou une institutrice pour la seconder. La charge éducative de l'école serait trop lourde pour elle seule. Et puis elle n'a pas l'intention de s'installer définitivement au village, plutôt d'y planter une graine susceptible de croître et de donner des fruits, un jour, en toute autonomie. Elle dispensera les cours d'anglais et Preeti ceux de sport. Reste à trouver un enseignant pour les autres matières, le tamoul, les mathématiques, les sciences et l'histoire-géographie. En bref, l'essentiel du programme.

L'entreprise se révèle délicate. Le pays ne manque pas de professeurs compétents, mais peu d'entre eux sont prêts à travailler auprès d'enfants *dalits*, affirme Preeti : il faut recruter au sein de la communauté. Inutile de chercher ici, à Mahäbalipuram, où les Intouchables restent majoritairement illettrés, comme dans la plupart des villages. On y trouve plus de pêcheurs ou de vendeurs de poisson que d'instituteurs. Dans les villes, en revanche, certains d'entre eux parviennent à étudier, à entrer à l'université, grâce au système dit de « réservation » qui garantit un quota de places aux élèves issus des classes défavorisées. Léna va devoir élargir son champ d'action, sillonner les environs pour rencontrer des candidats, vérifier leur parcours et leur formation, s'assurer qu'ils sont aptes et suffisamment motivés pour ce poste exigeant.

Au cours de ses pérégrinations, Léna se sent de plus en plus limitée par la barrière de la langue. Malgré le recours à l'anglais, largement parlé ici, et le soutien de Preeti qui lui sert d'interprète, elle ne peut échanger librement avec les habitants du coin et leurs enfants. Qu'à cela ne tienne : elle décide de se lancer dans une formation accélérée à la langue tamoule, proposée en ligne. Hélas, elle ne tarde pas à déchanter : si son oreille est habituée aux fréquences étrangères, l'alphasyllabaire local lui donne plus de fil à retordre qu'elle ne l'imaginait. Elle passe des soirées entières sur les consonnes rétroflexes, doubles ou voisées, s'entraînant à replier sa langue sur son palais pour la faire claquer, comme les gens d'ici. Preeti et les filles rient de sa prononciation, et se proposent, à leur tour, de lui donner des leçons. Avec elles, Léna se lance dans de joyeuses séances de conversation, ponctuées de tasses de thé.

Le bruit se répand alentour qu'une Occidentale a le projet d'ouvrir une école dans un quartier pauvre de Mahäbalipuram. Léna est bientôt contactée par un notable de la ville, un entrepreneur fortuné qui souhaite la rencontrer. Munie du dossier qu'elle a patiemment constitué, elle se rend dans une élégante villa entourée d'un jardin planté d'hibiscus, de poinsettias et de frangipaniers. Léna comprend que son interlocuteur est issu d'une haute caste et prospère dans le e-commerce, nouveau marché émergeant en Inde. Le pays n'est pas à un paradoxe près : des millions d'habitants n'ont pas accès à l'eau potable mais disposent d'Internet et de la 4G. Léna s'étonne de voir au marché les villageois les plus pauvres sortir de leurs guenilles un portable dernier cri. Un filon que les hommes d'affaires indiens et étrangers n'ont pas mis longtemps à flairer.

Tout en l'écoutant disserter sur cette activité florissante et les perspectives inouïes qu'elle offre, Léna se réjouit à la pensée d'avoir trouvé un donateur. Preeti s'est trompée, songe-t-elle. Il existe une solidarité, une fraternité qui transcende la hiérarchie des castes et les clivages de la société. Assurément, le soutien de l'entrepreneur lui sera précieux. Comme la laitière de La Fontaine, Léna se voit déjà ouvrir une seconde classe, engager d'autres enseignants, et pourquoi pas, proposer un petit internat à ceux qui viendront de loin et n'auront pas les moyens de se déplacer. Hélas, le pot au lait choit et se brise à la fin de l'entretien : l'homme ne l'a pas conviée pour lui accorder son aide mais pour lui proposer de l'engager comme préceptrice de ses enfants. *Ces gosses intouchables ne valent rien*, soupire-t-il. *À quoi bon les éduquer ?...* Il ajoute qu'à son service, Léna travaillerait dans de meilleures conditions, serait mieux payée, mieux considérée. Elle disposerait d'un logement de fonction, d'un chauffeur, de gages réguliers et conséquents. Une place enviable, dont rêveraient de nombreux professeurs.

Léna quitte la résidence sans un mot. Elle sait que le silence est parfois la meilleure des réponses, qu'il n'y a rien à ajouter, pas d'argument à opposer à tant de mépris et d'ignorance. Elle entrevoit, à cet instant, l'abîme qui sépare les hautes castes des plus infortunées, depuis des siècles et des siècles, ce gouffre béant qui engloutit des millions d'hommes, de femmes et d'enfants et que personne ici, non, personne, ne semble vouloir combler ni refermer.

*Chapitre 15*

Comme chaque matin, Léna descend sur la plage retrouver Lalita, mais aujourd'hui, elle ne la voit pas. La petite fille est d'ordinaire la première arrivée. Elle s'assoit sur le sable et s'applique à remplir son carnet en attendant Léna. Celle-ci scrute les environs à la recherche de la frêle silhouette, invariablement vêtue d'une paire de leggings et d'une robe mal ajustée. Des pêcheurs s'activent à démêler leurs filets ; des aigles de mer rôdent çà et là, espérant glaner quelque reste du poisson que les femmes recueillent et vont vendre au marché. Léna poursuit son exploration, sans succès. Aucune fillette à l'horizon.

Elle décide de pousser jusqu'au *dhaba*, où elle trouve porte close – un fait inhabituel. Inquiète, elle frappe à la porte. Pas de réponse. Elle s'entête, insiste jusqu'à ce que Mary surgisse, vêtue de son traditionnel tablier. Dans quelques mots de tamoul mal assurés, elle demande à voir Lalita... Et se reprend aussitôt. Ici, personne ne la nomme ainsi. Pour tous, elle s'appelle Holy. Impavide, Mary secoue la tête, avant de lui fermer la porte au nez.

Perplexe, Léna décide de patienter jusqu'au retour de James, parti à la pêche. Il ne tarde pas à rentrer, chargé d'un cageot de poissons, et s'assombrit en la voyant. À grands gestes, il lui fait signe de s'en aller. Il se met à vociférer des phrases dont Léna ne saisit pas le détail mais dont elle comprend l'essentiel : Holy ne sortira pas. Et elle-même n'est plus la bienvenue au *dhaba*.

Sous le choc, Léna appelle Preeti, qui saute sur son scooter et la rejoint au plus vite. Elle tente d'intercéder à son tour auprès de James, qui se montre de plus en plus irrité. *Depuis qu'Holy apprend à lire*, dit-il, *elle ne fait plus rien au restaurant ! Elle passe son temps dans les livres ! Elle part des heures entières, et ne rentre qu'à la nuit... Personne ne sait où elle est, ni ce qu'elle fait.* Il ajoute que la gosse a changé et commence à lui tenir tête. *Ça suffit*, conclut-il, *les leçons sont terminées !*

Léna ne sait comment réagir. Elle sent qu'il n'est pas judicieux d'attaquer James frontalement : il a toute autorité sur Holy. Elle préfère adopter une autre stratégie : *la petite est douée*, dit-elle, *elle a de grandes capacités*. Elle évoque l'école qu'elle est en train de créer, un établissement entièrement gratuit qui pourrait l'accueillir. Mais James secoue la tête : Holy ne mettra pas un pied là-bas. Il n'en voit pas l'intérêt. De toute façon, il n'a pas les moyens d'engager un employé pour la remplacer au *dhaba. Les cours auront lieu le matin,* insiste Léna, *jusqu'en début d'après-midi ; elle sera là le soir et le week-end...* Rien n'y fait. James est inébranlable. *Une fille n'a pas besoin d'être éduquée,* répète-t-il d'un air buté. Comprenant que la discussion mène à une impasse, Léna tente d'y impliquer Mary, espérant qu'une femme aura un point de vue différent sur la question. Elle ne tarde pas à déchanter : Mary refuse de prendre parti et se terre dans sa cuisine. Elle n'a pas d'opinion autre que celle de son mari. Elle lui est soumise, et n'a visiblement ni le courage ni l'envie de s'opposer à lui. Elle est de celles qui, résignées, voient se perpétuer les mêmes violences et les mêmes injustices, de génération en génération, sans protester.

Léna regagne le QG, accablée. Elle a foncé tête baissée dans l'aventure, sans prendre la plus élémentaire des précautions : s'assurer que les familles inscriraient leurs enfants à l'école. Combien seront-ils à partager l'avis de James ? Si tous ne sont pas aussi bornés, elle se heurte de plein fouet à cette réalité : le travail des petits représente un revenu dont la plupart des parents du village ne pourront se passer.

Preeti évoque alors Kamaraj, l'ancien président du Tamil Nadu, qui a œuvré en son temps pour l'éducation des classes défavorisées en promettant qu'à l'école, chaque élève serait nourri gracieusement. *Free meal,* tel était son credo, le meilleur des slogans. Il s'est révélé convaincant. Hélas, il n'est pas arrivé jusqu'ici, dans ce faubourg pauvre où les enfants demeurent illettrés – et souvent affamés.

Léna reprend l'idée à son compte. Et si cela ne suffit pas, elle doublera la mise, promettra des sacs de riz pour compenser le manque à gagner des familles. Elle ira aussi loin qu'il le faut. Elle est prête à toutes les audaces, à toutes les tractations, si incongrues soient-elles. Du riz contre des écoliers, la négociation a de quoi surprendre, elle en convient. Qu'importe, dans son combat, la fin justifie les moyens.

Dès le lendemain, elle revient à la charge auprès de James. Furieux de la trouver à nouveau devant sa porte, il lui répond d'un ton exaspéré : ce n'est pas de riz dont il a besoin, mais de main-d'œuvre bon marché ! Léna s'entête : *l'école est obligatoire*, clame-t-elle, *le travail des enfants interdit ! C'est la loi !* James se redresse de toute sa hauteur et la toise avec mépris. Qui est-elle pour venir lui donner des leçons ? Sait-elle ce qu'ils endurent ici ? Il a perdu deux fils en mer, et va pourtant pêcher chaque matin, malgré le danger, pour faire vivre sa famille ! Holy travaille peut-être mais elle ne manque de rien. Quant à la loi, il s'en moque bien, ce n'est pas elle qui les nourrit. À ces mots, il chasse Léna du restaurant : qu'elle retourne donc dans son pays !

En retrouvant Preeti, Léna s'effondre. Elle a tout essayé mais se heurte à un mur. Il est impensable d'ouvrir l'école sans Lalita : elle est la raison d'être de ce projet. Léna s'en veut de faillir maintenant. Elle a couru un marathon, et voilà qu'elle tombe à quelques mètres de la ligne d'arrivée... En la voyant si abattue, Preeti a une idée. Elle propose d'organiser une expédition musclée de la brigade au *dhaba*. Assurément, la mise à sac du restaurant réglerait le problème ! Et si cela ne suffit pas, elle s'occupera de James personnellement. Il ne lui fait pas peur. Pour preuve de sa bravoure, elle exhibe ses cicatrices, vestiges de ses nombreuses missions, sous les yeux de Léna sidérée. Là, sur l'épaule gauche, un coup de couteau reçu en tentant de s'interposer entre un agresseur et sa jeune victime. Ici, sur la cuisse, la marque d'une matraque violemment assénée par un policier alors même que Preeti défendait une femme en train de se faire molester. Sur le bras droit, une trace de morsure : on peut encore distinguer l'empreinte des deux incisives du fou qui s'est jeté sur elle, comme Preeti essayait de le maîtriser après le viol d'une pauvre gamine.

C'est impressionnant, Léna le concède, mais saccager le *dhaba* n'est pas une option ! Et frapper James encore moins ! Cela ne ferait qu'aggraver la situation. Privé de revenus, le couple se retrouverait à la rue, ainsi que Lalita. Léna refuse l'usage de la force : elle est peut-être le seul recours dans les cas d'urgence que décrit Preeti, mais pas ici. La violence est toujours un échec, dit-elle ; l'école ne peut être bâtie sur de telles fondations.

En désespoir de cause, elle décide de se rendre au commissariat le plus proche pour déposer une plainte. La démarche lui pèse mais elle ne voit pas d'autre solution. Elle pénètre dans un bâtiment si délabré qu'on le croirait voué à la démolition. À l'intérieur, une foule agitée se presse en direction d'un unique guichet où se tient un agent bedonnant, à l'œil vide et indifférent. Autour de lui se bousculent des mendiants arrêtés pour vol, deux hommes qui s'insultent bruyamment, un conducteur de rickshaw effondré désignant son véhicule démantelé devant l'entrée, un vieil homme hagard, deux touristes hollandais à qui l'on a dérobé leurs passeports ainsi qu'une gypsie vitupérant contre un groupe de *hijras*[1] qu'elle accuse de lui avoir jeté un sort. Léna patiente des heures pour se voir finalement dirigée vers un petit bureau encombré de papiers, où siège un officier en train de chiquer du bétel. Tout en prenant sa déposition d'un air blasé, l'homme saisit à intervalle régulier une corbeille posée à ses pieds pour y lâcher des glaires rouge sang. Le cœur au bord des lèvres, Léna le regarde taper le document, y apposer un coup de tampon, puis le glisser dans un tiroir dont elle devine, consternée, qu'il ne ressortira jamais.

---

1. Communauté transgenre, à la fois crainte et vénérée.

118

En arrivant au QG le lendemain, elle trouve James hors de lui, au milieu du chantier, en pleine altercation avec Preeti : il déverse sur la jeune femme un flot d'insultes en la menaçant du poing. Autour d'eux, les travaux se sont arrêtés : les filles de la brigade entourent leur leader qui, loin d'être intimidée, hurle aussi fort que lui. Léna s'interpose aussitôt. *Le dhaba a été pris pour cible,* crie James, *des vitres ont été brisées dans la nuit !* Il est convaincu que c'est un coup de Preeti : des voisins affirment avoir aperçu des silhouettes rouges et noires dans la rue, juste après le méfait. La cheffe ne cherche pas à démentir. Déchaînée, elle répond sur le même ton, le traitant tour à tour d'exploiteur d'enfant, d'opportuniste et de lâche !

Comprenant que Preeti a mis son projet à exécution alors qu'elle s'y était opposée, Léna la foudroie du regard. Elle lui demande de s'écarter, de la laisser régler le différend. Elle propose à James d'aller s'asseoir dans le garage, pour parler posément et négocier. Elle paiera la réfection des vitres cassées, annonce-t-elle. En ce qui concerne Holy, elle a un marché à lui proposer. Elle est prête à l'aider financièrement, afin de lui permettre de recruter un employé au restaurant. En échange, James doit promettre de laisser la fillette se rendre à l'école et étudier. À l'évocation de l'argent, l'homme s'adoucit miraculeusement. Il devient même très coopératif. En son for intérieur, Léna répugne à cette manœuvre mais elle se console en songeant qu'elle offrira du travail à quelqu'un. Depuis

119

qu'elle vit ici, elle a appris à mettre de côté ses scrupules et ses préjugés.

Un terrain d'entente est finalement trouvé, après une longue discussion sur le montant de la « subvention » accordée. Lorsque James quitte le garage, il paraît satisfait. Léna le regarde s'éloigner, épuisée mais heureuse de cette victoire arrachée de haute lutte. Peu importe ce que lui coûte ce compromis : l'avenir de Lalita est à ce prix.

Le soir, en lieu et place du thé, une dispute anime le garage. Léna est furieuse que Preeti ait agi dans son dos. De son côté, la cheffe réprouve son attitude et l'accord conclu avec James. *L'argent ne suffit pas toujours à régler les problèmes !* affirme-t-elle. *On ne peut pas tout acheter !* Et puis elle ne fait pas confiance au tenancier. Il est fourbe, plus sournois qu'un serpent. À choisir, elle préfère encore les cobras : avec eux, on sait au moins d'où vient le danger !

Léna connaît Preeti et son caractère hautement inflammable. La colère qui l'anime est un formidable réservoir d'énergie pour les actions de la brigade, mais elle peut aussi se retourner contre elle. L'impulsivité est mauvaise conseillère, lui dit-elle. À l'avenir, Léna ne veut plus de débordements, plus de vitres cassées, plus de missions la nuit ! Elles doivent œuvrer en bonne intelligence, et en toute confiance. Si elles n'ont pas la même façon d'appréhender les conflits, il leur faut s'accorder, et réfléchir avant d'agir. Il en va de la réussite de leur projet, comme

120

de leur amitié. Preeti grommelle en soupirant qu'elle est désolée, avant d'allumer le réchaud et de sortir les gobelets pour le thé.

Après trois tasses de chaï brûlant en signe de réconciliation, Léna se retrouve seule. A-t-elle pris la bonne décision ?... Face à Preeti, elle n'a pas voulu baisser la garde mais au fond, elle doute. Elle sait bien qu'il n'y a pas de noblesse à acheter l'avenir d'un enfant, à soumettre par l'argent un villageois infortuné. A-t-elle le choix, pourtant ? *Tu comptes faire ça pour tous les gosses du quartier ?* lui a lancé Preeti, la poussant dans ses retranchements. *T'auras jamais les moyens,* a-t-elle ajouté. Elle a raison, évidemment. Léna ne prétend pas détenir la vérité. Elle navigue à vue, en s'efforçant d'éviter les obstacles et les dangers.

Le lendemain, elle va retrouver Lalita au *dhaba*. La petite est assise dans un coin, seule avec sa poupée, penchée sur son carnet. Lorsqu'elle l'aperçoit, elle se lève et vient se jeter dans ses bras. À cet instant, Léna se sent rassérénée, ses doutes s'effacent : dans quelques mois, la fillette entrera à l'école. Ses chaînes seront brisées. Et le vœu de sa mère, enfin, exaucé.

*Chapitre 16*

Il se présente un matin à la porte du garage. Il a les traits fins, le regard perçant, les cheveux noirs et bouclés. Il a appris que Léna recherchait un instituteur pour la future école et voudrait postuler. Léna s'étonne : ses démarches se sont heurtées à tant d'obstacles qu'elle ne s'attendait pas à une candidature spontanée. Elle invite le jeune homme à entrer dans la salle en travaux, en lui recommandant de prendre garde aux murs fraîchement enduits de chaux.

Dehors, la brigade s'entraîne près du banyan, dans la cour à présent déblayée. Sous le regard de Preeti, les filles s'emploient à répéter une prise du *nishastrakala* qu'elle vient de leur montrer.

Léna invite l'inconnu à s'asseoir sur le *charpoy*, et prend place face à lui. L'homme doit avoir vingt-deux ou vingt-trois ans, tout au plus. Originaire d'un faubourg voisin, il vient d'obtenir son diplôme à l'université de Chennai, explique-t-il. Il s'appelle Kumar. En tamoul, le mot veut dire « prince » mais de noble, il n'a que le nom. Issu d'un mariage mixte, il est né d'un père *dalit* et d'une mère *brahmane*. Un mélange insolite, songe Léna, voire impensable dans un pays où les unions intercastes sont interdites, parfois punies de mort. On ne compte plus les crimes d'honneur perpétrés par les familles de castes dites supérieures, dont certaines préfèrent assassiner leur enfant plutôt que d'accepter un mariage jugé déshonorant. Tous se souviennent ici de la tragique histoire de ce couple d'étudiants, largement relatée par les médias. Ils avaient décidé de fuir pour vivre librement leur amour lorsque cinq individus à moto, armés de sabres et de couteaux, les ont rattrapés. Le jeune homme a succombé à ses blessures tandis que sa promise, gravement touchée, a pu être sauvée. L'enquête a révélé que l'agression avait été commanditée par le père de cette dernière. Condamné en première instance, il a finalement été acquitté. Quant à la fille, elle reste placée sous protection policière.

Cette histoire n'est pas rare – celle de Kumar l'est davantage. Ses parents n'ont pas eu à craindre pour leur vie, mais sa mère a été rejetée par ses proches et sa communauté. Elle n'a plus de contact avec eux depuis presque trente ans. C'est ainsi : on ne trahit pas impunément sa caste. On ne sort pas de son rang.

Aujourd'hui, Kumar souhaite revenir dans le village où il est né et offrir aux enfants ce dont il a lui-même profité : une solide éducation et une chance de s'élever. Léna est touchée par le discours du jeune homme, qui semble présenter toutes les compétences requises. Sympathique, clairvoyant, il parle un anglais courant. Il allie une connaissance du statut des Intouchables à la volonté de transmettre le savoir que les hautes castes se sont appliquées, durant des siècles, à cultiver et jalousement garder. Son parcours est exemplaire : une scolarité sans heurts, assortie de brillants résultats. De l'extérieur, tout est parfait. Un jour pourtant, il racontera les brimades qu'il a subies en primaire, au collège, au lycée, jusqu'à l'université. Aux enfants hindous échoit la caste du père : pour son malheur, Kumar est donc un *Dalit*, considéré comme tel par la société, même si la moitié de son sang est *brahmane*. N'appartenant pleinement à aucune de ces communautés, il se sent souvent étranger dans son propre pays. Son métissage est un héritage lourd à porter.

De la cour, Preeti les observe par la fenêtre ouverte, intriguée. Tout en suivant d'un œil distrait l'entraînement des filles, elle semble se demander qui est l'inconnu auquel Léna accorde un si long entretien. Au prétexte de venir chercher son *dupatta*, elle pénètre dans la salle, l'air de rien. Léna lui présente Kumar, qui s'apprête à prendre congé. Méfiante comme toujours, Preeti le scrute de la tête aux pieds. Elle ne lui tend pas la main – ici, les hommes et les femmes n'ont pas pour habitude de se toucher. Elle détaille son visage, la finesse de ses traits. Sa peau n'est pas brune comme celle des gens du coin.

La clarté de son teint trahit un mélange, une origine plus élevée. Ici, la couleur est un marqueur de la classe sociale. Alors que les acteurs bollywoodiens sont pâles, quasi semblables aux Occidentaux, les *Dalits* ont généralement la peau foncée.

Ils n'échangent pas un mot. Ils restent là, à se dévisager, se jauger, dans un silence qu'aucun des deux ne se hasarde à briser. Kumar finit par remercier Léna, avant de tourner les talons et de quitter le QG.

Le soir, à l'heure du thé, Léna se montre enjouée : le jeune homme a un parcours sans faute, un profil singulier. Elle n'a passé qu'une heure avec lui mais elle le sent, il a la fibre d'un bon professeur. Elle parle d'expérience : de ses années passées, elle a appris à distinguer ceux qui choisissent cette voie par défaut, se passionnant pour une matière qui n'offre pas d'autre débouché ou cherchant simplement la stabilité d'un emploi, de ceux qui désirent profondément enseigner. Kumar est de ceux-là, elle pourrait le jurer.

Preeti ne partage pas son enthousiasme. Il est certainement compétent, dit-elle, mais elle connaît ce genre de type : dès qu'une meilleure opportunité se présentera, il n'hésitera pas à les laisser tomber. Ainsi sont les *Brahmanes*, arrogants, ambitieux, conscients d'appartenir à une élite et soucieux de leurs intérêts. L'école essuiera les plâtres de son inexpérience, tout en lui servant de tremplin ; il se formera sur le terrain, auprès des enfants, avant de briguer un poste plus attrayant et mieux rémunéré. Elle ne croit ni à son discours ni à sa motivation ; ils sonnent faux. Le portrait est trop beau pour être vrai.

Léna la trouve injuste et péremptoire. Elle comprend sa défiance à l'égard des *Brahmanes*, mais Kumar ne vient pas d'un milieu aisé. Il n'a bénéficié d'aucun privilège. Sa naissance et ses origines ne l'ont pas aidé. Comme tant d'autres, il a connu la discrimination et le rejet. Des coups, il en a pris, et a décidé d'y répondre, non par le combat physique mais par celui de l'esprit. Rappelant que la ségrégation fonctionne à double sens, Léna se demande de quel droit elle lui interdirait d'enseigner à l'école : au nom de quelle tradition, de quelle caste, de quelle couleur de peau ? Preeti serait-elle devenue l'un de ces censeurs qu'elle prétend condamner ?

Et puis, comme elle l'avait elle-même prédit, les candidats ne se sont pas bousculés. Léna a trouvé plus d'écoute auprès des associations étrangères que du corps professoral indien. Le constat est sans appel : la société n'est pas près d'évoluer. Tous ici se moquent des enfants *dalits*. Elle est d'autant plus convaincue que l'instituteur de l'école doit venir de cette communauté. Le changement opérera de l'intérieur, il ne peut en être autrement. De cette petite révolution, Léna se veut le simple vecteur, l'artisan discret. Elle se voit, telle la main de l'horloger, se retirant après des heures de travail, pour laisser le mécanisme fonctionner. De ce rouage, Kumar est l'une des pièces. Il a sa place dans ce projet.

Malgré les réticences de Preeti, Léna est prête à assumer son choix. L'avenir se chargera de dire si elle a eu raison. Elle veut garder son cap, rester fidèle à ses convictions. Dans cette entreprise inédite, son instinct est sa seule boussole, son unique allié. Elle n'a nulle autre certitude que celle-ci : il faut croire que tout est possible, et continuer à avancer.

*Chapitre 17*

Enfin, les travaux sont menés à terme. Au fond de la cour, dans un appendice du garage envahi de ronces, jonché de vieux outils et de jerricanes oubliés, Léna décide d'établir ses quartiers. Elle en a assez des chambres d'hôtel, des locations meublées. Elle préfère vivre ici, à côté de l'école, au cœur de ce faubourg où fleurit son projet. Elle n'a pas besoin de grand-chose, quelques mètres carrés tout au plus pour y placer un lit, une table, une malle en fer où ranger ses vêtements, comme chacun le fait ici. Une autre pièce est aménagée à l'attention de Preeti, qui dormait jusqu'alors dans la salle d'entraînement. Celle-ci se dit émue à l'idée de posséder une chambre pour la première fois de sa vie. Enfant, elle partageait une cahute exiguë avec ses parents et ses frères et sœurs. Dans le foyer où elle s'est réfugiée, elles étaient une trentaine à s'entasser dans le dortoir. À vingt-deux ans, elle a enfin un espace bien à elle. Cette idée l'emplit d'aise et de fierté. Pour toute décoration, elle y accroche le portrait d'Usha qui ornait jadis le QG. C'est là sa seule possession.

L'ensemble de ses affaires tient dans un simple sac en toile qu'elle n'a pas grand mal à déménager.

Léna, pour sa part, s'entoure de quelques livres, d'un poste de radio et d'un ordinateur portable doté d'une connexion Internet miraculeusement bricolée par une des filles de la brigade. Malgré les caprices du réseau indien, qui se révèle des plus hasardeux, elle dispose d'un accès à ses mails, indispensable outil pour la collecte de fonds dans laquelle elle s'est lancée. Enfin, elle place au mur cette photo de François qu'elle aime tant, unique témoignage visible de sa vie passée : on l'y voit sur un bateau, souriant, en Bretagne, la mer en arrière-plan. C'est ainsi que Léna veut se souvenir de lui, en homme heureux et libre, voguant vers le large par un jour de printemps.

Dans l'ancien réduit du garage, des toilettes et une douche sont aménagées, près d'un petit espace dédié à la cuisine. Rien de luxueux, mais le nécessaire est là. Dans le village, la plupart des habitants n'ont pas accès à l'eau courante ; certains vont se baigner dans l'étang voisin, d'autres s'installent près du puits pour se laver, tout habillés. La première fois que Léna les voit faire, elle marque un temps d'arrêt – elle les observe discrètement enduire leur peau de savon sous leurs vêtements, avant de se rincer. Une question d'habitude, lui dit Preeti, qui procédait jadis ainsi.

Aidées des gamins du quartier, les filles entreprennent de peindre les pneus usés, pour équiper la cour d'un terrain de jeux. L'un d'eux servira de siège à la balançoire que Léna prévoit d'accrocher au banyan. Une balançoire, c'est important, dit-elle. Elle veut croire que l'accessoire est essentiel. Elle y voit un symbole : celui de l'espoir, de la liberté retrouvée. L'escarpolette est comme le cerf-volant, songe-t-elle, elle part du sol pour monter dans les airs, défiant les lois de la gravité. Il en sera de même de ces enfants, nés dans la misère, qui s'élèveront par l'éducation.

Cette pensée l'accompagne et la guide dans son parcours du combattant, dans sa lutte contre les fonctionnaires véreux et les serpents, dans ses interminables démarches auprès de l'administration, dans ces voyages entre l'Inde et la France qu'elle multiplie pour récolter des fonds. Travaillant sans relâche, elle a lancé des appels auprès des associations qu'elle connaît, des entreprises, des fondations, n'hésitant pas à solliciter son réseau d'amis et de relations. Si certains se montrent inquiets de la voir s'engager dans ce projet, la plupart sont heureux de l'aider. Ses anciens collègues décident d'organiser dans leurs établissements des collectes de matériel, de crayons, de cahiers, de tubes de peinture, de feuilles, de fournitures qu'ils lui envoient par cartons entiers, et qu'elle déballe avec une joie et un plaisir immenses. Elle retrouve avec bonheur l'odeur du papier neuf et des protège-cahiers, cette odeur artificielle et synthétique dont elle se délecte pourtant, telle une madeleine de Proust qui la renvoie à ses plus belles années.

Au marché, elle fait l'acquisition de rouleaux de tissu, dans lesquels les filles se chargent de tailler les uniformes. *On ne sait pas lire mais on sait coudre*, lui lance l'une d'elles avec humour, en tamoul. Léna sourit – elle comprend de mieux en mieux, saisit maintenant des phrases entières dans les conversations que Preeti ne manque pas d'entretenir, chaque jour, à l'heure du thé, en professeure zélée.

Sur les murs de l'école, Lalita et les enfants du quartier ont peint de grands mandalas, dont on dit ici qu'ils ne sont pas de simples dessins mais possèdent des pouvoirs, comme celui d'aider à trouver l'harmonie et la paix. Certains prétendent qu'ils permettent d'apprivoiser ses peurs, et Léna espère qu'ils disent vrai. Elle a appris à reconnaître ces *kolams* que les femmes tracent sur le sol devant leur maison, dès le point du jour, à la poudre de riz, selon une antique tradition du sud de l'Inde. Formées de points savamment disposés à intervalles réguliers et de lignes courbes qui les relient, leurs fragiles créations s'estompent au fil des heures sous les pieds des passants, les roues des voitures ou les bourrasques de vent. Un art de l'éphémère qui le rend d'autant plus fascinant.

Lalita se plaît à exécuter cet exercice aussi délicat qu'élégant. Chaque matin, elle dessine devant la porte de l'école un motif différent. Si Léna n'aime pas la voir ainsi, courbée, penchée sur le sol, elle ne tarde pas à lui reconnaître un réel talent. Elle y voit aussi une forme de philosophie : œuvre fugace et temporaire, le *kolam* naît de la poussière et redevient poussière, rappelant à chacun que de ces tableaux, nous partageons le même destin.

Ce matin-là, la fillette met la dernière main à son ouvrage du jour lorsqu'elle voit le postier approcher – elle reconnaît de loin son costume beige et sa casquette. Renonçant à pousser jusqu'à la boîte aux lettres, l'homme lui tend un courrier adressé à Léna. La petite s'en saisit et court le lui porter dans la salle de classe, où elle s'applique à fixer un tableau noir au mur. Léna se fige à la vue de l'enveloppe frappée du sceau de l'État. Elle retient son souffle, en découvrant le document tant convoité : l'autorisation officielle d'ouvrir l'école est enfin là ! Elle laisse éclater sa joie et prend Lalita dans ses bras tandis que Preeti accourt, alertée par le bruit, suivie de sa troupe au grand complet et d'une flopée de gamins du quartier. Une danse est improvisée autour du grand banyan dans la cour, qui n'a jamais été aussi animée !

Pour fêter la fin des travaux et l'ouverture prochaine de l'école, les filles suggèrent d'organiser une cérémonie. Il est d'usage ici, juste avant la rentrée, d'invoquer la protection de Saraswati, la déesse de la connaissance, de la sagesse et des arts : les manuels scolaires et les futurs cahiers sont disposés devant une image de la divinité, afin que sa bienveillance accompagne l'élève tout au long de l'année. D'ordinaire, chaque famille accomplit ce rituel au sein de son foyer mais le matériel est cette fois réuni dans la salle de classe, près d'un tableau de la déité à quatre bras, assise en lotus, en train de jouer de la *vînâ*[1]. Les futurs écoliers et leurs parents sont conviés, ainsi que Kumar, et tous les habitants du village qui ont apporté leur aide au projet.

Pour l'occasion, la cour et la petite bâtisse sont décorées de guirlandes d'œillets et de jasmin, ces célèbres *maalais* hindous dont on orne les maisons et les temples, et que l'on dépose au pied des statues des dieux pour les honorer.

La veille de la célébration, celles qui savent cuisiner préparent des mets traditionnels dans de volumineux chaudrons : du *sambar*[2] aux légumes, du *poryial*[3] en grande quantité, du *meen kozhambu*[4] et des *medu vada,* ces petits beignets dorés dont les enfants raffolent, que l'on accompagne de yaourt crémeux ou de *coconut chutney*. Tout en jetant les boules de pâte de lentilles dans l'huile bouillante, l'une des jeunes cuisinières raconte cette fable populaire que tous connaissent ici : *Le Corbeau et le Vada*. S'étant emparé d'un *vada* qu'une vieille femme vendait dans la rue, un corbeau s'apprête à le dévorer, perché sur une

---

1. Sorte de luth indien.
2. Plat typique du sud de l'Inde, à base de lentilles et d'épices.
3. Curry de légumes secs rissolés.
4. Curry de poisson réalisé à base de jus de tamarin, agrémenté d'ail et de piment.

branche, lorsqu'un renard survient. Comprenant que le
volatile n'a nulle intention de partager son butin, l'animal
rusé entreprend de le flatter et lui demande de chanter.
Ouvrant le bec, le corbeau voit choir le succulent beignet
jusque dans la gueule du renard, qui l'engloutit aussitôt.
Moralité : il ne faut jamais chanter lorsqu'on mange un
*vada* ! conclut la cuisinière, d'un air enjoué. L'assemblée
rit, tout comme Léna, surprise par cette version tamoule
du célèbre récit. Si La Fontaine s'est inspiré d'Ésope, elle
se demande qui, du poète grec ou du conteur indien, s'est
permis d'emprunter à l'autre !

La fête bat son plein tout au long de la journée. Léna
contemple, comme dans un rêve, les habitants du village
s'agiter dans la cour, les enfants se relayer sur la balançoire, les curieux se presser vers la salle de classe, devant
les livres et le tableau noir fraîchement accroché. Léna sait
que l'aventure ne fait que commencer, que tout reste à
accomplir, que mille difficultés ne manqueront pas d'ad-
venir. Mais aujourd'hui, elle veut seulement se réjouir,
profiter de cette victoire, savourer les *vadas*, le *sambar* et
le chaï épicé, au milieu des rires et des chants, du matin
jusqu'à la nuit tombée.

Ce n'est qu'après la fin des réjouissances, lorsqu'elle se
retrouve seule dans l'école redevenue silencieuse, que le
coup lui est porté. Un choc, asséné par le calendrier. Dans
l'effervescence des semaines et des mois qui ont précédé,
elle n'a pas voulu y penser. Bien sûr, elle sait qu'en Inde,

l'année scolaire commence début juillet, mais elle n'a pas imaginé que la vie lui jouerait un tour si cruel.

Par un étrange caprice du sort – ou du destin, qui sait, même si elle ne croit plus aux signes – l'école ouvrira ses portes deux ans jour pour jour après la mort de François. Le drame lui revient soudain, comme un boomerang ; il la terrasse et la foudroie, balaye son enthousiasme, sa volonté, son énergie.

De toutes ses forces, elle a tenté de lutter. Elle s'est battue contre vents et marée. Mais la vague est trop puissante aujourd'hui, elle la submerge et l'emporte vers le large, comme le courant, ce jour-là, sur la plage. Hélas, il n'y aura pas de cerf-volant, pas d'ange gardien, pas de brigade pour la tirer du piège où elle se sent glisser. Elle n'est plus qu'une femme écrasée, anéantie, rattrapée par des démons qui l'entraînent et l'attirent vers un gouffre sans fond.

*Bouguenais, banlieue de Nantes, deux ans plus tôt.*

*Le cri strident de la sonnerie retentit. Aussitôt les portes des classes s'ouvrent, libérant des cohortes d'adolescents surexcités qui se ruent en trombe dans les couloirs, les escaliers, telles des cataractes d'eau déferlant vers la sortie dans un fracas assourdissant. C'est le dernier jour de l'année – un soulagement pour certains, le début de l'ennui pour d'autres.*

*Il fait chaud, en ce mois de juillet. Dans la salle qu'elle occupe au deuxième étage du bâtiment principal, Léna range ses affaires et nettoie le tableau. Elle remet en ordre les chaises laissées en pagaille, près des tables couvertes d'inscriptions. De ce collège où elle enseigne depuis tant d'années, elle connaît chaque recoin. Il est sa seconde maison, l'endroit où elle passe le plus clair de son temps. Elle fait quelques pas dans le couloir jusqu'au laboratoire de sciences où s'active généralement François. La pièce a été rangée pour l'été. Les tubes à essai, microscopes, éprouvettes et autres béchers ont été placés dans*

*des armoires, près du squelette Oscar. Il n'y a plus personne.*
*François a dû rejoindre les autres au rez-de-chaussée, dans*
*la salle des professeurs, pour prendre un café. Ils ont l'habi-*
*tude de rester discuter en fin de journée avec Thibault, Leïla*
*et ceux qui se trouvent encore là. Certains de leurs collègues*
*sont devenus de proches amis. Ceux-là ne sont pas du genre*
*à s'épancher sur les vicissitudes du métier, les conditions de*
*travail, les incivilités des élèves ou les classes surchargées. Ils*
*préfèrent commenter l'actualité, parler de tout et de rien et*
*surtout de la vie, celle qui les attend au-delà des grilles de*
*l'établissement.*

*Léna descend l'escalier quand les coups résonnent. Au*
*début, elle pense à des pétards jetés dans la cour par quelque*
*plaisantin, mais des cris s'élèvent, terrifiés, qui lui glacent*
*le sang. Elle ne met pas longtemps à comprendre que les*
*bruits secs, brutaux et précis qu'elle vient d'entendre pro-*
*viennent d'une arme à feu – un revolver ou un fusil. Un*
*vent de panique agite le rez-de-chaussée. Ceux qui le peuvent*
*tentent de remonter dans les étages, de se réfugier dans les*
*salles, les toilettes, le local technique, l'atelier de technologie*
*ou la chaufferie. Léna sent une main l'agripper, la tirer en*
*direction du laboratoire qu'elle vient de quitter. Sa collègue*
*Nathalie l'a empoignée et l'entraîne derrière les placards. De*
*là où elle est, Léna ne voit qu'un pan du couloir, masqué par*
*la lugubre silhouette du squelette derrière lequel elles se sont*
*réfugiées. Sombre présage.*

*François est en bas, elle le sait.*

*Bientôt, le silence se fait, non pas un silence rassurant mais un calme angoissant, qui porte en lui l'écho d'une tragédie. La suite se passe comme dans un film au ralenti, un cauchemar éveillé dont Léna voudrait s'échapper. Ce qu'elle voit en descendant restera gravé dans son esprit, à jamais. Le corps de François, allongé, sans vie, au milieu du grand hall du rez-de-chaussée, près du proviseur-adjoint que les secours tentent de réanimer, au milieu d'une foule indistincte où se mêlent professeurs en état de choc et élèves tétanisés.*

*Il s'appelle Lucas Meyer. Ici, tout le monde le connaît. Léna le côtoie depuis deux ans en cours d'anglais. Elle a rencontré ses parents. Un adolescent sans histoire – du moins jusqu'à ce jour. Pour expliquer son geste, les médias voudront dresser le portrait d'un garçon fragile, renfermé. Ils chercheront à le cataloguer, à lui coller une étiquette dans une vaine tentative de rendre l'événement plus compréhensible, ou d'une étrange façon plus acceptable. La vérité est plus troublante : Lucas n'est ni psychotique, ni schizophrène. Il a des amis, une vie sociale, que d'aucuns qualifieraient de normale. Il est bien intégré. Il n'a pas subi de traumatisme, de mauvais traitements, ni d'abus répétés.*

*De lui, on dira tout et son contraire. Les spécialistes évoqueront le divorce de ses parents, les rapports conflictuels avec son père, la crise d'adolescence, l'influence des films et des jeux vidéo, la structure scolaire inadaptée, le rejet des figures incarnant l'autorité... On parlera d'une combinaison*

*complexe de facteurs environnementaux, familiaux et indi-*
*viduels, des mots savants pour dire qu'au fond, on ne sait*
*pas. Le réel échappe à toute tentative de classification.*

*On passera au crible le déroulé des semaines qui ont pré-*
*cédé : une altercation avec le proviseur-adjoint au sujet d'un*
*portable confisqué, un conseil de discipline, une exclusion*
*temporaire ayant certainement provoqué un sentiment d'in-*
*justice et d'humiliation. Rien d'exceptionnel, à dire vrai.*
*Pour quelle raison le jeune homme est-il revenu se venger,*
*le dernier jour de classe, après avoir dérobé la carabine de*
*chasse de son père ? Il se dirigeait vers le bureau du proviseur*
*lorsque François a tenté de s'interposer pour le raisonner. On*
*ignore pourquoi Lucas s'est mis à tirer.*

*Qui a failli ? À quel moment ? Aurait-il pu en être autre-*
*ment ? La question sera creusée, approfondie, analysée par les*
*spécialistes de tout bord qui, tous, émettront un avis. Les jour-*
*nalistes s'appliqueront à relater l'événement, des jours durant,*
*à travers des reportages, des débats et des émissions, des inter-*
*views et des témoignages.*

*Pour Léna, la vie bascule. Il y a d'abord l'effroi, l'incré-*
*dulité, la colère avant l'effondrement. Dans les semaines*
*qui suivent, elle reste chez elle, les volets clos. Elle ne sort*
*plus, éteint le poste de radio et la télévision qui, sans cesse, la*
*ramènent à la tragédie. Les messages de soutien qu'elle reçoit*
*de sa famille, de ses collègues et amis sont impuissants à l'ai-*
*der — leurs attentions sont un constant rappel de ce qui s'est*

*passé. Elle a du mal à se concentrer sur une quelconque acti-*
*vité ; son esprit est accaparé par les faits, colonisé, envahi. Des*
*crises de tachycardie la tiennent éveillée tard dans la nuit. Elle*
*se noie dans un océan de ruminations, ne peut s'empêcher de se*
*demander ce qu'elle aurait dû faire, ce qu'elle aurait dû voir,*
*ce qu'elle n'a pas su déceler dans l'attitude du jeune garçon.*
*Elle était opposée à son exclusion, elle l'avait dit — sans se dou-*
*ter, toutefois, des conséquences de cette sanction que le conseil*
*de discipline a pourtant validée.*

*Elle aurait dû se battre davantage, insister. Cette certitude*
*la plonge dans un abîme sans fond. Depuis quelques années,*
*Léna s'investissait moins au collège ; elle manquait d'allant*
*et d'entrain. Elle n'avait pas renouvelé les ateliers qu'elle se*
*plaisait jadis à animer. Elle se montrait moins disponible,*
*moins investie, moins à l'écoute, sans doute. Une forme de*
*lassitude, des conflits répétés avec l'administration, le manque*
*de moyens, le sentiment de lutter parfois contre des moulins*
*à vent, avaient émoussé son engagement. Elle aimait toujours*
*son métier, mais ne l'exerçait plus avec la même passion ni la*
*même énergie.*

*Est-elle coupable ? Aurait-elle pu changer le cours des évé-*
*nements ? Quelle était sa marge de manœuvre dans le drame*
*qui s'est joué ?*

*Autant de questions sans réponse qui l'anéantissent,*
*ouvrent en elle une béance qu'elle se sent incapable de refer-*
*mer. Un soir, elle rédige sa lettre de démission. Elle ne peut*

envisager de continuer à enseigner, encore moins de retourner au collège – longtemps, elle évitera même le quartier. Le drame a torpillé sa vocation. En quelques instants, il a balayé les vingt ans qui ont précédé, les moments partagés avec ses élèves, ses amis, les spectacles, les sorties, les discussions autour de la machine à café, les déjeuners à la cantine où on refait le monde et la vie.

Il faut partir, se sauver. Léna a besoin de prendre du recul, de donner de la profondeur de champ à sa vie. Elle sent qu'un cycle vient de s'achever, et se demande ce qui l'attend désormais. Ce n'est pas une fuite, une décision irréfléchie, écrira-t-elle à ses proches qui s'inquiètent pour elle, mais un voyage pour tenter de se reconstruire. Elle ira là-bas, en Inde, dans ce pays que François aurait tant aimé visiter. Certains essayent de l'en dissuader ; ils convoquent la pauvreté endémique, le manque d'hygiène et la mendicité, craignant qu'elle ne soit pas en état de les supporter. Ils lui recommandent plutôt la montagne, le sud de la France ou la Méditerranée. Léna ignore leurs protestations. Il ne s'agit que d'un mois, conclut-elle pour les rassurer. Un mois en forme de thérapie. Un mois, pour une tentative de survie.

# TROISIÈME PARTIE

## *La vie d'après*

> « *L'éducation n'est pas une préparation
> à la vie : l'éducation est la vie même.* »

John DEWEY

*Chapitre 18*

*Village de Mahäbalipuram,*
*Tamil Nadu, Inde.*

L'école vient d'ouvrir ses portes. Dans la salle de classe, Léna observe, le cœur battant, les enfants assis devant elle. Elle se sent aussi émue qu'au lendemain de ses vingt-deux ans, à ses débuts, lorsqu'elle s'était rendue pour la première fois dans l'établissement où elle venait d'être nommée. Le public ici est bien différent, et le décor tout autre. En face d'elle, les petits ont entre six et douze ans – une classe unique, pour cette première rentrée. Des tapis neufs recouvrent le sol. Les murs fraîchement repeints attendent les cartes de géographie, les reproductions de lettres et de symboles mathématiques que les professeurs ne manqueront pas d'y accrocher. Pour l'instant, seul un mandala coloré orne le mur du fond. Sur celui de devant trône un tableau immaculé. Parmi les écoliers se tient Lalita. Elle est jolie, avec ses yeux noirs et ses cheveux tressés, dans cet uniforme qu'elle semble si fière de porter. Comme ses camarades, elle fixe Léna, qui se présente à la petite assemblée : elle dirige l'école et assurera les cours d'anglais. À sa suite, Kumar prend la parole : il sera leur instituteur tout au long de l'année. Vient enfin Preeti, que la plupart connaissent déjà. Elle se chargera de l'éducation physique et les initiera aux sports de combat.

Les élèves les dévisagent tous les trois, sans un bruit. La plupart ont l'air effrayés. Le plus jeune du groupe, Sedhu, paraît absolument terrifié. Il s'est installé près de la porte et se met à trembler quand Léna tente de la refermer. On dirait qu'il redoute quelque menace invisible prête à s'abattre sur lui et veut pouvoir fuir à tout moment. Compréhensive, Léna décide de laisser la porte ouverte, au moins pour la journée. Aucun de ces enfants n'a jamais été à l'école, pas plus que leurs parents. Elle ignore ce qu'ils ont entendu, ce qu'on leur a raconté. Elle sait qu'en Inde, les écoliers sont souvent frappés par leurs maîtres – surtout lorsqu'ils sont de basse extraction. Pour les rassurer, elle leur explique qu'ici, ils ne seront pas battus. Les enfants l'écoutent, mi-incrédules, mi-étonnés.

Le lendemain, le même jeu recommence. Impossible de refermer la porte sans provoquer la panique de Sedhu. Au bout de quelques jours, Léna réunit les familles dans la cour, sous le banyan. Elle confie que certains petits sont terrorisés, qu'ils ne peuvent pas travailler ainsi. Ils doivent comprendre qu'à l'école, ils ne seront pas maltraités. Dans l'assemblée, tous paraissent surpris. La mère de Sedhu, une femme d'à peine vingt ans qui a déjà quatre jeunes enfants, prend la parole pour protester : Léna ne tirera rien de ces gamins sans l'usage des coups, affirme-t-elle. Il faut les taper pour qu'ils obéissent. *Tu dois les taper !* insiste-t-elle. Elle lui donne plus que son aval, sa bénédiction pour frapper Sedhu. Les autres acquiescent, et renchérissent. Léna demande le silence et se fait plus claire : dans son pays, on ne bat pas les élèves. On a d'autres méthodes d'enseignement. En vingt ans de carrière, elle n'a jamais levé la main sur qui que ce soit et n'a pas l'intention de commencer. Sceptique, la mère de Sedhu renifle bruyamment avant de héler tout à la fois ses chèvres et ses enfants, dispersés dans la cour. *Fais comme tu veux*, conclut-elle en partant. *Mais tu n'y arriveras pas.*

Léna reste sans voix. Elle ne peut blâmer ces parents, eux-mêmes héritiers d'une éducation basée sur la peur et les coups. Si frapper un enfant ne prend qu'une seconde, il est bien plus long de gagner sa confiance. Elle sait qu'elle devra faire preuve de patience pour apprivoiser le petit garçon et ses camarades, instaurer un dialogue fondé sur le respect et la réciprocité. La porte de la classe restera ouverte, aussi longtemps qu'il le faudra – qu'importe si, parfois, un chien errant fait irruption à la recherche de quelque reste à mendier. Un jour, Sedhu se lèvera de lui-même, au milieu d'une leçon d'anglais, et ira la refermer. Léna ne dira rien, ne fera aucun commentaire, mais elle saura alors qu'elle a remporté une victoire, que ses élèves se savent maintenant en sécurité auprès d'elle. Cette porte fermée sera le gage de leur confiance accordée, la certitude que l'école leur offre plus qu'une éducation, un îlot de calme et de paix à l'abri de la rudesse du monde.

Convaincre les parents sera plus long. Il n'est pas aisé de détresser des habitudes si profondément nouées. Léna s'y emploiera, jour après jour, avec persévérance et volonté. Chaque coup évité est un petit pas, se dit-elle. Un pas dérisoire, et pourtant essentiel.

Kumar trouve rapidement sa place auprès des enfants. Il est difficile de croire qu'il n'a jamais enseigné : à le voir déambuler dans la classe, on pourrait penser qu'il y est né. Passé l'appréhension des premiers jours, les écoliers comprennent vite qu'il ne sera pas leur ennemi, mais leur allié. En dépit de son jeune âge, Kumar sait se faire respecter, tout en restant bienveillant. Il n'élève jamais la voix, se montre pédagogue et patient.

Il arrive tôt chaque matin, invariablement chargé de son cartable rempli de livres et de cahiers, et reste tard après la fin des cours, à corriger des exercices, mettre au point les leçons du lendemain. Par la fenêtre entrouverte, il observe parfois l'entraînement de la brigade sous le banyan, en fin d'après-midi, intrigué par le ballet de ces filles qui répètent cent fois les mêmes mouvements, sous l'œil exigeant de Preeti.

148

De son côté, la cheffe ne lui prête aucune attention. Elle se contente de le saluer froidement ; on dirait qu'elle cherche à l'éviter. Léna sait que Preeti lui en veut d'avoir ignoré ses réticences – mais à dire vrai, elle ne regrette pas son choix. Kumar est à la fois compétent et apprécié des enfants. Il n'est pas rare de les voir se presser vers lui dans la cour, afin de lui faire découvrir quelque jeu ou quelque nouveau tour.

Contrairement à Preeti, certaines filles de la brigade ne sont pas insensibles au charme de l'instituteur. Kumar est élancé, bien fait de sa personne. Il a les traits fins, les yeux noirs, une barbe de quelques jours qu'il prend soin d'entretenir. Il est discret, courtois et cultivé. Lorsqu'il s'éternise à l'école, les lieutenantes sont étrangement moins concentrées ; elles se mettent à rire, échangent des plaisanteries, interrompent l'échauffement pour le saluer, ce qui ne manque pas d'exaspérer Preeti.

Quelqu'un parviendra-t-il un jour à dompter ce tempérament si farouche ? se demande Léna en observant la jeune cheffe. On dirait un cobra prêt à mordre et à attaquer. Preeti a coutume de dire que l'homme qui la prendra dans ses filets n'est pas encore né. À presque vingt-deux ans, elle est toujours célibataire, une situation exceptionnelle dans le village, où les filles sont souvent mariées avant leur majorité. Qu'importe, Preeti ne veut pas entendre parler d'union. Elle a échappé au joug de

149

ses parents, ce n'est pas pour se soumettre à celui d'un époux, affirme-t-elle. Elle est indépendante et libre, et entend le rester. Léna pourrait jurer, toutefois, qu'en dépit de ce discours, elle ne demande qu'à être surprise, et défiée.

Au sein de la petite école, Léna découvre la vie en communauté. Les enfants et leurs familles n'hésitent pas à venir la solliciter, débarquant dans sa cahute à toute heure. Elle comprend vite qu'elle va devoir doter sa porte d'une serrure et d'une clé ; ici, les habitations n'en sont pas équipées. Non qu'elle redoute les vols ou les intrusions, mais plutôt parce qu'elle a besoin de calme et d'un peu de quiétude, après de longues journées. Certains élèves arrivent tôt le matin, espérant glaner un semblant de petit déjeuner – chez eux, on ne mange qu'une fois par jour, un invariable dhal de lentilles, souvent clairsemé. En attendant le repas du midi préparé par Radha, une fille du village recrutée pour assurer la cantine, Léna sert du chaï et quelques *idlis* aux premiers levés. Elle a même appris à cuire des *chapatis* sur le *chulha*[1] qu'elle a fait installer. *Ils doivent être parfaitement circulaires*, lui a dit Radha – c'est ainsi, la qualité d'un *chapati* se mesure à sa rotondité. *Ne demande pas pourquoi, c'est comme ça*, a-t-elle ajouté. *Ici, il ne faut pas chercher de raison aux choses*, a coutume de dire Preeti.

---

1. Four à bois traditionnel indien.

À la pause déjeuner, les élèves s'installent dans la cour, sous le banyan. Ils s'assoient par terre, comme tous le font ici, pour partager de grands plats de riz, de *sambar* et de *dhal*, accompagnés de *nans* ou de *dosas*, qu'ils dévorent avec appétit. Ils reçoivent également des fruits, que certains remportent chez eux. Léna prend plaisir à les voir manger ainsi. Elle sait que dans le pays, près de la moitié des petits Indiens souffrent de malnutrition. Ses élèves, eux, ont l'estomac plein, et cette pensée la réjouit.

Dans cette cantine improvisée, chacun met la main à la pâte. Lalita est toujours la première levée pour aider. Elle n'a pas son pareil pour débarrasser les gobelets et les plats, aguerrie par ses années d'expérience au *dhaba*.

La fillette semble apprécier son nouvel environnement. Elle se montre active, consciencieuse et enjouée. Lors des récréations, elle se mêle volontiers aux autres. Son silence ne l'empêche pas de communiquer avec eux, ni de partager leurs jeux. Elle se fait bientôt une amie, une jeune fille du nom de Janaki. Ces deux-là ont le même âge et le même gabarit, si bien qu'on pourrait les croire sœurs. Elles deviennent vite inséparables. Elles s'assoient côte à côte dans la salle de classe, se prêtent les livres et les cahiers, s'entraident lorsque l'une d'elles bute sur un exercice. Elles se comprennent sans parler, à l'aide de gestes et de signes. Léna est heureuse de voir sa petite protégée tisser des liens amicaux et s'intégrer au groupe en train de se former. Lalita n'est pas la dernière à s'amuser. Elle se révèle même redoutable lors des parties endiablées de *kho kho*[1] que Preeti organise entre les écoliers.

Léna se surprend à aimer ce désordre, ce bouillonnement permanent, cette ébullition faite de mouvements et de bruits qui n'offre jamais de répit. *L'Inde, c'est le chaos*, répète Preeti, et Léna songe qu'elle dit vrai. Elle est venue ici, cherchant l'exil et le silence, et a trouvé le contraire de ce qu'elle attendait. Dans ce village, la vie lui offre une deuxième chance. Entre les murs de la petite école, une nouvelle ère commence.

---

1. Jeu de poursuite en équipes.

## Chapitre 19

Le premier mois s'achève, et déjà des élèves manquent à l'appel. Tous n'ont manifestement pas compris que leur présence était requise chaque jour. Certains sont retenus à la maison par quelque tâche ménagère, d'autres envoyés chez une tante pour aider après la naissance d'un bébé, d'autres encore surveillent un troupeau de chèvres. Léna comprend qu'il va lui falloir composer avec le quotidien des villageois, qui ne considèrent pas l'instruction comme une priorité. À force d'insistance, elle parviendra peut-être à leur faire saisir l'importance d'un travail régulier.

Janaki, la meilleure amie de Lalita, qui paraît tout aussi motivée, est absente cinq jours d'affilée. Lorsqu'à son retour, Léna l'interroge sur la cause de sa défection, l'adolescente a l'air embarrassée. Léna lui rappelle que l'apprentissage à l'école est semblable à la culture du riz que l'on fait pousser près d'ici : il requiert de l'assiduité, de l'attention, et des efforts soutenus tout au long de l'année.

L'incident se reproduit pourtant le mois suivant. Janaki ne se montre pas durant toute une semaine. À nouveau questionnée, elle devient aussi rouge qu'un *naga jolokia*, ce piment réputé l'un des plus forts du monde dont la cuisine indienne use volontiers pour relever la saveur de ses plats. *Je ne peux pas en parler*, finit par souffler l'adolescente, comme si elle portait le plus inavouable des secrets. Perplexe, Léna menace d'aller voir sa famille pour évoquer le problème. En France, elle inscrirait un mot sur son cahier de correspondance, mais les parents de Janaki ne savent pas lire. La jeune fille se met à pleurer. Léna s'en veut de la tourmenter mais elle a besoin de comprendre : impossible de l'aider si elle reste muette. L'entraînant en direction de sa cahute, elle lui prépare une tasse de thé pour la réconforter. Enfin calmée, Janaki accepte de se confier. Elle baisse les yeux d'un air honteux, avant de lâcher en guise d'explication : *C'est à cause du chiffon.*

Léna ne saisit pas. De quoi s'agit-il, au juste ? D'un tissu qu'on lui a dérobé ? D'une tâche que sa mère lui demande d'assumer ? L'adolescente secoue la tête et enfouit son visage dans ses mains, incapable d'en dire davantage. Inutile d'insister. Léna finit par la laisser filer.

À la fin de la journée, elle va frapper à la porte de Preeti, en train de se préparer pour sa patrouille de nuit. Vêtue de sa tenue rouge et noire, la jeune cheffe se livre à quelques étirements. Lorsque Léna, intriguée, évoque le mystérieux chiffon, Preeti émet un rire gêné. *C'est comme ça que font les femmes ici*, finit-elle par avouer, *lorsqu'elles sont indisposées*. Dans les villages, elles n'ont pas les moyens de se procurer des protections périodiques. La plupart n'en ont jamais entendu parler ; d'autres connaissent leur existence par le biais des publicités mais n'ont pas la possibilité de les acheter. Elles ont recours à des chiffons qu'elles ramassent çà et là, des vêtements devenus trop petits ou des morceaux d'étoffe usés, qu'elles jettent après les avoir utilisés.

Ici, le sujet des règles est tabou, confie-t-elle ; les filles n'en parlent ni à leur mère, ni à leurs amies. À l'école, c'est un véritable problème : il se révèle délicat de changer de chiffon. Dans les campagnes, les établissements scolaires ne sont pas équipés de toilettes ; les filles doivent s'éloigner, se cacher dans les champs pour effectuer la manipulation. Elles ont honte, peur d'être découvertes, voire agressées. Beaucoup se découragent, préfèrent rester à la maison. Nombreuses sont celles qui mettent un terme à leur scolarité pour cette unique raison.

Léna est abasourdie. Elle était loin de penser qu'une réalité si triviale avait un tel retentissement sur l'éducation des filles. Elle comprend mieux, à présent, la réaction de Janaki.

Elle passe une nuit agitée. Elle ne peut laisser ses élèves gâcher la chance qui leur est donnée de s'instruire. En outre, le chiffon pose aussi une question sanitaire : à utiliser des bouts de tissu souillés, les femmes s'exposent à des infections.

Léna décide d'organiser une réunion avec les grandes filles de la classe, un soir, pour évoquer la question. Preeti émet des doutes sur cette initiative : elle craint que les élèves ne viennent pas, trop gênées pour aborder le sujet. Léna insiste : le rôle de l'école ne se borne pas à l'apprentissage de la lecture, du calcul ou de l'anglais. Éduquer, c'est aussi informer, prévenir, parler d'hygiène et de santé. Il faut ouvrir les yeux de ces adolescentes quant aux dangers qu'elles courent, et répondre aux questions qu'elles n'ont jamais osé poser.

Elles ne sont pas plus de quatre ou cinq ce soir-là, assises sous le banyan, dans la cour. Léna a réussi à convaincre Janaki et Lalita – les aînées de la classe – ainsi que deux ou trois de leurs camarades. À la petite assemblée, elle rappelle les règles élémentaires d'hygiène : il est impératif que le chiffon soit propre, soigneusement lavé avant d'être porté. À défaut, elle évoque les risques de contracter des maladies. La veille, elle est partie en expédition dans un supermarché de la ville voisine pour acheter des protections jetables, qu'elle fait passer aux jeunes filles. Celles-ci les observent en rougissant, mal à l'aise. L'une d'elles avoue qu'elle en a déjà vu une fois dans une pharmacie, mais n'avait pas assez d'argent pour les acheter – dans sa famille, on a à peine de quoi manger. Léna se propose de leur fournir ce dont elles ont besoin, et leur fait promettre de ne plus manquer la classe lorsqu'elles seront indisposées.

Les filles repartent à la nuit tombée, prenant soin de dissimuler sous leurs uniformes les paquets que Léna leur a distribués. À les regarder s'éloigner ainsi, précautionneuses et gênées, Léna a l'impression de participer à quelque trafic illégal, honteux ou interdit. Elle songe qu'ici, la vie des femmes est un parcours du combattant, chaque mois renouvelé. Et qu'il suffit parfois d'un simple morceau de coton pour leur offrir un peu de liberté.

*Chapitre 20*

Un soir, après la classe, alors que Léna achève de corriger des devoirs d'anglais, Janaki frappe à sa porte. Elle a l'air fébrile, tourmentée. Pensant qu'elle est venue s'enquérir de sa note, Léna s'empresse de la rassurer : sa copie est excellente. Mais un tout autre sujet occupe l'adolescente. La veille, elle a surpris une conversation entre ses parents : ils projettent de la marier. L'homme auquel ils la destinent est un lointain cousin, qui vit à plus de 100 kilomètres et qu'elle n'a jamais rencontré... Janaki a passé la nuit à pleurer. Elle ne veut pas quitter sa famille, ni ses amies, et refuse d'arrêter l'école : elle aime étudier, rêve de devenir docteur ou policier.

Pour Léna, c'est un coup de massue. Elle sait que les mariages précoces sont largement pratiqués ici, mais elle n'était pas préparée à affronter si tôt cette réalité. Preeti lui a fait le récit de ces unions forcées, auxquelles elle-même a échappé. Les gamines n'ont parfois que dix ou douze ans, comme Janaki. Certaines jouent encore à la poupée.

L'arrivée de la puberté marque pour elles un changement brutal : elles passent sans transition du statut d'enfant à celui de femme. Dans les régions pauvres et rurales, leurs parents s'empressent de les marier, voyant là l'opportunité d'alléger la charge qui pèse sur eux. La loi fixe pourtant l'âge légal du mariage à la majorité, mais dans les villages, elle n'est jamais respectée. Après les noces, la jeune épouse quitte sa famille pour s'installer dans celle de son mari dont elle devient la propriété. Soumise à l'autorité de sa belle-mère, elle est tenue de lui obéir, d'effectuer les tâches ménagères de l'aube au coucher du soleil – une existence sans horizon, sans aspirations personnelles. Dans le meilleur des cas, elle est bien traitée, respectée. Dans le pire, elle est frappée, insultée, parfois même abusée par les autres hommes du clan. Lorsqu'elle ne donne pas satisfaction, elle s'expose à de terribles châtiments ; il arrive que certaines soient défigurées à l'acide, d'autres aspergées d'essence et brûlées vives. Un sort qui terrifie des millions de filles à travers le pays.

Bouleversée, Léna s'efforce de ne pas montrer son trouble à Janaki ; elle promet d'aller voir ses parents et de leur parler. Elle les connaît bien. Ils vivent juste à côté de l'école, avec leurs cinq enfants, dans une cahute aux murs en bouse séchée. En début d'année, elle s'est battue pour les convaincre de scolariser leurs deux aînées. *Je te donne Janaki mais je garde l'autre*, a dit la mère en désignant ses filles. *Elle doit s'occuper des petits pendant que je travaille.* Léna a tout essayé pour infléchir sa décision, sans succès.

159

La promesse du riz et des repas gratuits n'a pas suffi. La mort dans l'âme, elle s'est juré de revenir à la charge à la prochaine rentrée.

Cette famille est l'une des plus pauvres du village. Le père trime dans une usine de briques tandis que la mère roule des *beedies* toute la journée : mille cigarettes par jour pour gagner l'équivalent d'un euro, sept jours sur sept, toute l'année. Le travail commence dès l'aube et finit à la nuit tombée. Il n'est pas rare que ses enfants la relayent pour lui permettre d'achever son lot quotidien. Elle ne doit pas faiblir, sous peine de ne pas être payée. Elle passe son temps assise, à même le sol, malgré son dos perclus de douleurs. Certaines nuits, il la fait tant souffrir qu'elle ne parvient pas à dormir. Il lui faut pourtant recommencer, dès le lendemain matin. Depuis qu'elle vit ici, Léna a découvert les ravages causés par cette industrie, dont les femmes et les plus jeunes constituent la principale main-d'œuvre. Inhalant des poussières toxiques, ils développent des maladies respiratoires, de l'asthme ou des problèmes de peau, vieillissent prématurément. Pour autant, le commerce de ces petites cigarettes à la nocivité avérée est loin de se tarir. Le gouvernement indien ayant récemment interdit le vapotage, bon nombre de fumeurs se tournent à nouveau vers ce produit local et bon marché.

Léna réunit Kumar et Preeti dès le lendemain : elle a besoin de leurs conseils. La partie sera difficile, les parents de Janaki ne renonceront pas facilement à leur projet. Elle connaît le poids des traditions : pour la plupart des Indiens, marier son enfant est un devoir, une obligation. Le mariage représente bien plus qu'une simple cérémonie, il est le ciment de la vie sociale, l'événement le plus important de toute une vie – quand bien même il n'a pas été décidé ni choisi par les intéressés. L'amour ne rentre pas en compte, le « *love marriage* » est un fantasme, un concept abstrait, réservé aux étrangers. Dans le pays, la quasi-totalité des unions sont arrangées par les familles, qu'elles appartiennent aux classes les plus pauvres ou aux plus fortunées. Toutes sont prêtes à dépenser leurs économies, à s'endetter pour célébrer les noces de leur progéniture. Sans compter la dot de la future mariée, qui fait l'objet d'une véritable négociation entre les deux parties.

*Il faut négocier un report,* affirme Kumar, *convaincre les parents de Janaki d'attendre sa majorité. Cela ne les empêche pas de la fiancer, s'ils le souhaitent, mais au moins elle restera chez elle jusqu'au jour de ses noces et pourra continuer à étudier.* Il ajoute qu'une fois majeure, la jeune femme aura la possibilité de s'opposer à cette union – mais cela, bien sûr, ils éviteront de le mentionner...

Preeti ne partage pas son avis, et se montrerait moins conciliante. *On doit les intimider !* lance-t-elle. Ici, tout le monde connaît leur situation ; Janaki lui a raconté qu'ils devaient parfois se contenter de boire l'eau de cuisson du riz des voisins, en guise de dîner. Il n'est pas rare que Radha, la responsable de la cantine, lui donne des *chapatis*, des lentilles et des fruits à rapporter à la maison. La menace de leur couper les vivres serait un argument de poids qui, certainement, infléchirait leur décision.

Kumar n'est pas d'accord, la méthode lui déplaît. *Les enfants seront les premières victimes de ce chantage !* proteste-t-il. Tandis que ses deux collègues commencent à s'échauffer sur la stratégie à adopter, Léna tranche : ils emploieront la première voie, la plus diplomatique, et se rendront au rendez-vous tous les trois.

En les voyant arriver, le père et la mère de Janaki se montrent surpris : ils ne s'attendaient pas à recevoir de la visite. Ils se disent honteux de n'avoir rien à leur proposer – ils n'ont pas même de quoi se procurer des épices ou du lait pour le chaï qu'il est d'usage d'offrir aux invités. Désireux toutefois de leur servir à boire, le père envoie sa fille cadette chercher de l'eau au puits voisin. Léna proteste, mais il y tient.

Léna, Kumar et Preeti sont invités à s'asseoir sur une natte tressée, tandis que la mère reprend son activité. Saisissant des brins de tabac séchés dans un petit tas à ses pieds, elle les roule dans une feuille d'ébène de Coromandel, à une vitesse défiant la raison. Léna observe ses gestes, fascinée. Elle pourrait travailler les yeux fermés, se dit-elle ; on dirait que ses mains sont indépendantes du reste de son corps. Ses doigts s'agitent sans répit, recroquevillés par des années d'astreinte quotidienne. À contempler son visage, il semble difficile de lui donner

162

un âge – la femme ne doit pas avoir plus de trente ans mais paraît déjà vieille, usée.

Léna engage la discussion en louant le travail de Janaki. *Elle est sérieuse*, dit-elle, *l'une des meilleures de la classe.* Le père a l'air touché de ces propos flatteurs, mais la mère les ignore. *Janaki ne sait pas cuisiner et refuse d'apprendre !* se plaint-elle. *Comment fera-t-elle quand elle sera mariée ?! À cause de ses devoirs, elle n'a pas le temps de s'occuper de la lessive ni des tâches ménagères, et laisse tout à sa sœur.* Assise auprès d'eux, Janaki baisse les yeux. Léna devine la culpabilité qui doit la ronger. Cette gosse est chargée d'un fardeau qu'aucun enfant ne devrait avoir à porter, songe-t-elle.

Kumar entre dans le vif du sujet : ils ont appris leur intention de marier Janaki, et sont venus leur demander de différer leur projet. *Elle a d'excellents résultats*, argumente-t-il, *il serait dommage d'interrompre sa scolarité : elle pourrait obtenir un diplôme, trouver un bon métier, gagner un vrai salaire… Et venir en aide à toute la famille.* Les parents marquent un temps. La mère reprend, secoue la tête. *Chez nous*, dit-elle, *les filles sont mariées à douze ans, c'est comme ça. Les grands-parents de Janaki vieillissent, ils veulent assister à ses noces. Elle doit leur obéir, respecter leur volonté.*

Jusqu'alors en retrait, Preeti sort de sa réserve. Avec la fougue qui la caractérise, elle s'énerve : *connaissent-ils les*

163

*risques d'une grossesse ou d'un accouchement pour une gosse de douze ans ?! Se sont-ils demandé s'ils préféraient aller à son mariage ou à son enterrement ?!*

Le ton monte. La mère de Janaki se redresse, furieuse : *J'ai mis au monde cinq enfants et je n'en suis pas morte !* lance-t-elle. *Ma fille n'est pas plus fragile que moi !* Quant au père, il n'apprécie visiblement pas l'intervention de Preeti. Qui est-elle pour parler ainsi ? Une fille encore célibataire, à son âge, qui vit seule et se bat avec des hommes ! Qui chevauche un scooter sans pudeur ! Dans le village, tout le monde parle et réprouve son comportement...

Preeti explose : elle n'a pas l'intention de se laisser insulter ! Elle se lève vivement pour le défier. Avant qu'ils n'en viennent aux mains et que la situation ne dégénère tout à fait, Kumar l'entraîne hors de la cahute.

Restée à l'intérieur, Léna tente de renouer le dialogue mais le père s'est fermé. Il n'y a aucune raison de différer cette union, répète-t-il, les astres y sont favorables, un *sâdhu*[1] a été consulté. Sa décision est prise : dans moins d'un mois, Janaki sera mariée.

---

1. Ascète hindou, qui choisit de renoncer aux biens matériels pour se consacrer au spirituel.

*Chapitre 21*

Léna, Preeti et Kumar regagnent l'école, accablés. Leur tentative de négociation est un échec complet. La jeune cheffe, en particulier, paraît dévastée. La mâchoire serrée, elle ne dit pas un mot, et va s'enfermer dans sa cahute, jusqu'à la nuit tombée.

Il est tard lorsqu'elle en sort et frappe à la porte de Léna. Elle voudrait lui raconter ce qui est arrivé à sa grande sœur, autrefois. Mariée à l'âge de treize ans, celle-ci est décédée en donnant naissance à son premier enfant. Le bébé n'a pas survécu non plus. Sa famille a assisté, impuissante, à l'agonie de la jeune fille, dont les obsèques se sont tenues un an, jour pour jour, après les noces. La coïncidence ne saurait échapper à ceux qui condamnent ces mariages précoces et forcés.

Preeti pense souvent à sa sœur : en elle, elle a puisé la force de se rebeller et de s'enfuir lorsque ses parents ont voulu l'unir à son agresseur. Elle a juré de ne jamais se marier. Qu'importe ce que pensent les gens du village, qui réprouvent le célibat et la traitent en paria. Elle préfère vivre ainsi ; sa liberté n'a pas de prix.

Elle vitupère contre ces hommes et ces femmes qui mentent à leurs enfants : aux petites filles, on raconte que le mariage sera le plus beau jour de leur vie. Qu'elles recevront de beaux vêtements, des bijoux et du maquillage. Elles fantasment sur le monde merveilleux qui les attend, se pliant docilement à l'apprentissage des tâches ménagères dont elles auront la charge. Quelle n'est pas leur déconvenue lorsqu'elles découvrent une tout autre réalité : une servitude absolue, pour le restant de leurs jours, envers l'homme qu'elles ont épousé et sa famille.

Ils sont loin, les somptueux mariages bollywoodiens retransmis à la télévision, qui les font tant rêver : on y voit le fiancé, jeune et beau, arrivant sur son cheval blanc devant sa promise, radieuse et richement parée. Selon une coutume ancestrale, ils échangent des colliers de fleurs ; la jeune femme noue un pan de sa robe à l'écharpe de son futur époux, puis ils tournent sept fois autour d'un feu, tous les deux. Ce nœud symbolise leur union : il doit être serré afin que le couple reste soudé tout au long de sa vie. Pour bon nombre de femmes, dit Preeti, il n'est rien d'autre qu'une bride, un licou, qui les muselle et les asservit.

Léna comprend qu'il est là, le véritable ennemi, dans les foyers de ce village si attaché à ses traditions. Elle a

166

pensé que la misère serait le premier obstacle à surmonter, elle s'est trompée. Aussi malheureux soient-ils, ces villageois ne sont pas prêts à renoncer aux coutumes dont ils ont hérité. Il est pourtant avéré que la pratique des mariages infantiles entretient le cercle de la pauvreté. Mariées jeunes, les femmes ont une progéniture nombreuse, qu'elles peinent à nourrir. Le manque d'éducation bloque non seulement leurs perspectives d'évolution, mais aussi celles de leur descendance. Léna le sait : *éduquer une femme, c'est éduquer toute une nation*, comme l'affirme un proverbe africain. Les jeunes filles qu'elle côtoie n'auront aucune autre chance de s'élever : l'école est la seule échappatoire possible à l'invisible prison où la société veut les enfermer.

Léna va devoir lutter contre ces courants contraires. Il lui faudra braver les dangers, s'opposer à ses adversaires avec force et détermination. Le combat promet d'être long. D'un texte du Grand Maharadjah, elle a noté cette phrase : « *L'inconnu n'a pas de limites. Fixez-vous des tâches apparemment impossibles. Voilà le chemin !* » Le chemin est là, devant elle, sinueux et incertain. Elle réalise l'ambition démesurée de son entreprise, mais elle ne peut plus reculer ; elle est trop impliquée pour faire machine arrière. Elle se battra, pour toutes les Janaki et toutes les Lalita du monde, et prouvera aux gens du village qu'il est possible de penser autrement. Ses élèves sortiront diplômés de sa petite école, elle s'en fait le serment. Ils ouvriront la voie aux autres, entraîneront dans leurs sillages leurs frères et sœurs, et plus tard leurs propres enfants.

Elle entend déjà siffler à ses oreilles la voix de ses détracteurs : ils diront que son regard est biaisé, lourd de préjugés occidentaux sur un monde qui lui est étranger. Qu'elle n'a nullement le droit de condamner ces mœurs. Ils l'accuseront de s'ériger en juge, en censeur, dans un pays qui n'est même pas le sien. Léna se moque bien de ce qu'on pourra lui reprocher. Ces arguments ne tiennent pas longtemps face aux larmes d'une enfant de dix ans que l'on vient de marier. Peu importe que l'on soit indien ou français, savant ou illettré, que l'on connaisse ou non la culture du pays, quiconque a déjà vu une petite fille pleurer le jour de ses noces en a eu le cœur brisé.

Malheureusement, Léna ne tarde pas à vérifier ce constat. Quelques semaines plus tard, une grande fête est organisée au village pour célébrer le mariage de Janaki. Léna est conviée, ainsi que Kumar – mais ils sont priés de venir sans Preeti. Les camarades de la fillette sont également invités, à sa demande, dont Lalita, sa meilleure amie.

Léna est désespérée. Après l'altercation dans la cahute, elle est retournée à la charge auprès de la famille : elle a tout tenté, tout essayé, proposant tour à tour du riz, des fruits, une aide plus substantielle, sans succès. Les parents de Janaki sont restés inflexibles. La fillette s'apprête à épouser l'un de ses cousins, comme ses aïeuls l'ont souhaité. Ici les unions intra-familiales sont encore largement pratiquées ; elles maintiennent la paix dans les clans et renforcent les liens, offrant l'illusoire garantie qu'un mariage au sein d'une même lignée n'occasionnera pas de complications ni de fâcheries. Il n'est pas exceptionnel de voir une nièce épouser son oncle. Il arrive même qu'un enfant de deux ans soit marié à un bébé de quelques mois, pour exaucer le vœu d'un grand-père ou d'une grand-mère malade, que l'on tient à honorer.

Léna a annoncé qu'elle n'assisterait pas à la cérémonie. Elle refuse d'être le témoin de ce spectacle. De Janaki, elle veut garder l'image d'une enfant joyeuse et insouciante, jouant dans la cour avec ses camarades. Pas d'une gamine maquillée, parée de bijoux et de bracelets, apprêtée tel un taureau que l'on mène à l'arène pour le sacrifier.

Un paquet déposé devant sa porte, au matin, la fait changer d'avis. Léna l'ouvre, surprise, pour découvrir la tenue d'écolière de Janaki. Celle-ci l'a soigneusement pliée et glissée dans un sac en papier. Un message accompagne le vêtement : sur une feuille arrachée à l'un de ses cahiers, la jeune fille a tracé quelques mots, appris en cours d'anglais. Elle sait qu'elle ne reverra pas Léna et veut lui dire merci. Merci pour l'école, merci de s'être battue pour elle. Merci pour le coton et les fruits. Merci pour les maths, l'anglais et l'histoire-géographie. Juste à côté, Janaki a fait un dessin, un portrait d'elle sous le banyan, en uniforme, le jour de la rentrée.

Léna sent l'émotion la submerger. Elle a envie de hurler, de crier *aux voleurs !* comme dans les jeux d'enfants. Aux voleurs de joie, d'innocence, d'avenir, aux voleurs de talent et d'intelligence. La phrase de Prévert lui revient de plein fouet : « *Les enfants ont tout, sauf ce qu'on leur enlève.* » Ce qu'on enlève à Janaki aujourd'hui est perdu pour l'éternité.

À la hâte, Léna se prépare et s'habille. Elle doit être auprès de son élève en ce jour, elle ne peut pas l'abandonner. S'avançant vers la place du village où la fête a déjà commencé, elle est surprise d'y trouver tant de monde ; on dirait que la moitié du quartier a été conviée. Quel troublant paradoxe, songe-t-elle. Cette famille qui n'avait pas même de quoi se procurer du thé s'est endettée lourdement pour régaler de nombreux invités, toute une journée durant. Les parents de Janaki ont même acheté de la viande, produit coûteux, que certains de leurs enfants n'ont sans doute jamais eu l'occasion de goûter.

Quel gâchis, quelle tristesse, se dit-elle devant les convives en liesse. Elle se fraye un chemin jusqu'à la cahute où Janaki patiente, en attendant de rencontrer son promis. Elle ne l'a jamais vu. Elle sait simplement qu'il est un peu plus âgé qu'elle. Il a vingt et un ans, lui a-t-on dit. Pour autant, il n'a pas eu le choix non plus, personne ne lui a demandé son avis.

Lorsque Léna pénètre dans la pièce, la jeune fille est en train de pleurer. Elle a été coiffée d'une tiare, revêtue d'un sari rouge et or comme le veut la tradition ; de longs voiles tombent à ses pieds. Elle sanglote en silence. Ses larmes ont fait couler le maquillage outrancier et criard dont on l'a affublée, qui s'accorde si mal à ses traits juvéniles. Il est une insulte, un outrage, un attentat à son enfance. Lalita se tient auprès d'elle ; elle semble partager sa peine. Les deux amies ne se reverront plus. Après la cérémonie, Janaki quittera le village pour rejoindre celui de son mari, à une centaine de kilomètres. Nul ne sait quand elle reviendra. Sa belle-famille en décidera.

Ce soir, l'adolescente sera conduite dans la chambre nuptiale, préparée pour l'occasion, dont on prendra soin de laisser les fenêtres entrouvertes afin que les femmes du clan puissent venir vérifier, tout au long de la nuit, que le mariage est bel et bien consommé.

Léna ne trouve pas les mots pour consoler Janaki. Face à tant de chagrin, elle se sent désarmée. Elle lui tend un petit cadeau, un livre en anglais qu'elle lui a apporté. Elle promet de lui en envoyer d'autres, afin qu'elle continue à apprendre, à enrichir son vocabulaire. L'adolescente secoue tristement la tête. *Les filles qui lisent font de mauvaises épouses*, lui a dit sa belle-mère. Elle a ajouté qu'elle n'aurait pas le temps pour ce genre de futilités : du travail l'attend dans les champs de canne à sucre où trime son futur mari. Sans compter que tous espèrent, au plus vite, la naissance d'un héritier.

Durant la cérémonie, Janaki ne pleure pas. Sa mère a soigneusement séché ses larmes, puis rajusté son maquillage. Auprès de son fiancé, la jeune fille assiste d'un air absent aux vœux prononcés par le *pandit*[1]. Son regard est vide, résigné. En elle, quelque chose s'est éteint, comme un reste d'enfance qui vient de s'envoler.

---

1. Prêtre ou officiant du mariage.

*Chapitre 22*

Une élève manque à l'appel, et toute l'école est dépeuplée. En classe, personne n'a le cœur à l'ouvrage. Sur la feuille d'émargement, Léna contemple le nom de Janaki, sans parvenir à l'effacer. Elle se demande avec angoisse laquelle sera la prochaine sur la liste ; laquelle de ces écolières rentrera un soir chez elle pour découvrir que l'attendent une jolie robe, de beaux bijoux et un futur époux ?... 25 000 fillettes mariées de force, chaque jour dans le monde, a-t-elle lu. Un chiffre abstrait sur un bout de papier, qui s'incarne aujourd'hui. Toutes ces petites filles ont maintenant un visage, celui de Janaki.

Léna ne peut s'empêcher de penser à Lalita. La fillette aura douze ans à la fin de l'année ; elle est désormais l'aînée de la classe. L'enfant qui jouait au cerf-volant sur la plage est en train de changer ; elle sera bientôt une adolescente. Cette perspective tourmente Léna. Elle se rassure en se répétant que James ne peut se passer du subside qu'elle lui a accordé pour rémunérer Prakash, le nouvel employé du *dhaba*. Cet arrangement le rend dépendant de Léna – et protège Lalita, se dit-elle.

Depuis le départ de son amie, la fillette s'est renfermée. Elle se tient sur son coin de tapis, triste, près de la place de Janaki, restée vide à ses côtés. Lors des récréations, elle ne participe plus aux jeux de ses camarades, comme elle en avait l'habitude. Elle demeure à l'écart, murée dans ce silence que nul ne parvient à percer, pas même Léna. Celle-ci met ce changement d'attitude sur le compte de la peine, de la séparation. Elle sent pourtant qu'au-delà du chagrin, sa protégée a l'air inquiète, préoccupée. Cela passera, espère-t-elle en s'efforçant de la réconforter.

La vie de l'école reprend, malgré tout. Léna déteste le sentiment d'impuissance qui l'accable, mais elle le sait : son champ d'action est limité. Elle ne peut changer le monde et doit l'accepter. Son pouvoir s'arrête aux portes de la salle de classe, dérisoire enclave, pauvre bastion au cœur de ce village si attaché à ses traditions. « *L'impossible, nous ne l'atteignons pas, mais il nous sert de lanterne* », a écrit René Char. Léna tente de s'accrocher à cette idée, à cette petite lumière qu'elle a voulu allumer, un minuscule lampion qui faiblit aujourd'hui mais qui demain, espère-t-elle, retrouvera son ardeur et sa vivacité. Il faut continuer, ne pas se laisser entamer, reprendre la lutte, au nom de ces enfants qui l'attendent chaque matin. Pour eux, Léna veut croire et espérer que quelque chose finira par changer.

Afin d'égayer le moral de ses troupes, elle propose à Kumar et Preeti d'organiser une sortie : les élèves ont besoin de prendre l'air, de retrouver un peu d'insouciance après les événements. Ils n'ont pas vraiment d'occasions de s'extraire de leur quotidien. Elle suggère de voler quelques heures aux leçons de maths et d'anglais pour les emmener pique-niquer au bord de la mer. Un peu égoïstement, elle espère aussi profiter de cette parenthèse pour se vider la tête, se changer les idées.

Les écoliers accueillent la nouvelle avec enthousiasme. Le jour dit, ils se pressent dans la cour, impatients et surexcités. Radha a préparé des paniers-repas, Preeti a prévu des ballons. Kumar se charge des bouteilles d'eau. Lalita a demandé l'autorisation d'apporter son cerf-volant ; certains de ses camarades en font autant. Du nord au sud du pays, ces tétraèdres de papier ont le même succès. Ils sont souvent les seuls jouets dont les petits Indiens disposent pour se distraire. La plupart les confectionnent eux-mêmes à partir de vieux prospectus ou de pages de journaux. Un peu partout, des compétitions sont organisées. Dans les villages, les gamins n'hésitent pas à monter sur les toits des habitations pour faire voler leurs engins toujours plus haut. Il arrive parfois que certains tombent et se brisent les os. Léna apprendra bientôt comment les plus farouches et les plus expérimentés cassent de vieilles ampoules pour enduire de poudre de verre le cordon de leur appareil, afin de couper les fils de leurs adversaires. De terribles duels se livrent ainsi, sans merci, dans les airs.

Mais aujourd'hui, le temps n'est pas à la rivalité, plutôt au partage, à la complicité. Léna voit les enfants courir autour d'elle sur la plage, comme autant d'électrons libres, affranchis de toute entrave. Ils jouent au ballon, au cerf-volant, défiant les vagues qui viennent les narguer. Ils entraînent leurs professeurs avec eux. Léna se surprend à s'amuser, à rire lorsque les plus jeunes entreprennent de l'éclabousser. Dans cette bulle hors du temps, elle se sent légère, pour la première fois depuis longtemps. François disait vrai, songe-t-elle : les pieds dans l'eau, les cheveux au vent, le bonheur ressemble à ça. Même s'il ne dure qu'un instant.

Elle ne peut s'empêcher de penser à Janaki, là-bas, dans le village de son mari. La veille, elle a demandé aux enfants de la classe de lui faire un dessin ; ensemble ils ont rédigé une lettre à son intention, pour garder le contact, lui dire qu'ils ne l'oublient pas. Léna espère que ces mots la réconforteront, lui tiendront compagnie dans sa nouvelle vie ; ils seront désormais ses seuls amis.

À la fin de la journée, personne n'a envie de rentrer. Il le faut, pourtant. Les enfants réunissent leurs affaires et leurs jouets, tandis que Preeti, Kumar et Léna récupèrent ce qu'il reste des paniers-repas. La petite troupe reprend le chemin de l'école et longe le *dhaba,* pour y déposer Lalita. Depuis son altercation avec le patron, Léna n'y est pas retournée ; elle n'a plus envie d'y manger. Elle en veut à James et Mary de leur égoïsme, de leur lâcheté. Elle les soupçonne en outre de tirer quelque bénéfice de la somme qu'elle leur a concédée. Qu'importe. Lalita est libre d'étudier, l'essentiel est là. Le reste ne l'intéresse pas.

C'est en longeant le restaurant qu'elle l'aperçoit. Là-haut, sur la terrasse. Un petit garçon de dix ans, vêtu d'un sweat et d'un pantalon de survêtement. Il circule entre les tables, apporte les *chapatis* et débarrasse les plats. Il effectue les mêmes gestes que Lalita : on dirait le même film, seul l'acteur a changé.

Léna se fige. James s'est joué d'elle : il a gardé l'argent et s'est procuré une autre main-d'œuvre, tout aussi docile et bon marché. Le gamin ne touche aucun salaire, c'est évident, il doit être seulement nourri et logé. Prise d'un accès de rage, Léna monte au *dhaba,* abandonnant Kumar et Preeti dans la rue avec les élèves. Lorsque James la voit débarquer, hors d'elle, il se défend d'avoir voulu la duper. *Prakash me volait !* prétend-il. *Il piquait dans la caisse ! J'ai dû le renvoyer !* Léna se moque bien de savoir si son histoire est vraie. Le mal est fait.

Preeti avait raison, se dit-elle, accablée : elle a eu tort de conclure ce marché, de faire confiance au tenancier. Pauvre idiote… Elle s'est crue victorieuse, se félicitant d'avoir remporté la partie, alors qu'elle n'a fait que condamner un autre petit. Plus tard, elle apprendra qu'il s'appelle Anbu et qu'il est le fils d'un cousin de Mary. L'homme a reçu l'assurance que le gosse mangerait à sa faim et qu'il apprendrait un métier ; deux arguments suffisants pour un père de famille couvert de dettes, et acculé.

En quittant le restaurant, la mort dans l'âme, Léna surprend le regard de Lalita, en tenue d'écolière, sur le petit garçon qu'elle côtoie désormais. Ils partagent la même chambre chez James et Mary. Ils ont quasiment le même âge, mais n'auront pas la même vie. Léna comprend alors le tourment qui semble agiter la fillette depuis quelque temps. Son avenir a été acheté à crédit, sur le dos d'un autre enfant.

Léna s'enferme dans sa cahute ce soir-là, seule et misérable. La vision d'Anbu a balayé en un instant les jeux sur la plage, les rires de ses élèves, les ballons et les cerfs-volants. Elle ne voit plus que cela, le visage de ce gosse qui jamais n'apprendra à lire, car il y aura toujours un tenancier avide et un père de famille désespéré pour le sacrifier et l'asservir. Le défi est trop grand, pense-t-elle. Elle se sent découragée. Comme Sisyphe, elle a poussé sa pierre tout en haut d'une montagne et la voit cruellement retomber. À Lalita a succédé Anbu. L'enfer ne finit donc jamais.

## Chapitre 23

Entre Kumar et Preeti, l'ambiance reste tendue. Malgré les tentatives du jeune professeur pour engager la conversation, la cheffe s'obstine à l'ignorer. Elle fait comme s'il n'existait pas. De son côté, Kumar paraît désarçonné par son attitude. Après la classe, tandis qu'il corrige les cahiers, il passe de longs moments à l'observer durant l'entraînement de la brigade. Preeti n'est pas la plus jolie, mais elle dégage une aura et un charme singuliers. À la tombée de la nuit, elle enfourche son scooter comme on chevauche un destrier, et s'élance à travers les rues du quartier. Elle ne quitte que rarement son uniforme rouge et noir. Plus qu'un vêtement, il est une seconde peau, une identité.

Un soir, alors que l'entraînement touche à sa fin et que les filles se préparent à partir en maraude, Kumar s'enhardit et s'approche. Il se propose de les accompagner. Il connaît les sports de combat : il pratique lui-même le *kalarippayatt*[1] depuis des années.

---

1. Art martial originaire du sud de l'Inde.

Preeti le dévisage, méfiante. Sur la défensive, comme toujours, elle répond qu'elle n'a pas besoin de son aide. La brigade est exclusivement féminine et entend le rester. Elle ajoute avec une pointe d'arrogance que le *kalarippayatt* est un hobby pour les nantis, et ne s'avère d'aucune utilité lorsqu'on est attaqué. L'instituteur sourit, mi-incrédule mi-amusé : le *kalari* est l'ancêtre des arts martiaux, il a donné naissance au kung-fu et à bien d'autres disciplines... Les guerriers les plus émérites s'y sont entraînés, des siècles durant... Mais Preeti l'interrompt : lorsqu'une femme se fait violer, les lancers de jambe ou les sauts périlleux ne lui sont d'aucun secours, pas plus que les postures de coq, de paon ou d'éléphant. Le *nishastrakala* qu'elle pratique est peut-être moins élégant, mais plus adapté et bien plus efficient.

À ces mots, elle s'apprête à s'éloigner sous le regard déçu de ses comparses, qui enrôleraient volontiers le jeune professeur. Ce dernier ne s'en laisse pas conter. Nullement impressionné, il réplique qu'elle se trompe : le *kalari* enseigne comment toucher les points vitaux de son adversaire, la pomme d'Adam, la nuque, le sternum ou la base du nez... Si elle en doute, il peut le lui prouver.

Preeti reste un temps silencieuse, avant de comprendre que la proposition n'est autre qu'un défi. Autour d'elle, les filles se sont tues, surprises de la tournure que prend la discussion. Preeti ne tarde pas à riposter : qu'à cela ne tienne ! Elle a affronté des tas d'hommes dans sa vie – et des plus effrayants que lui.

Dans la salle de classe, Kumar et les filles dégagent l'espace en poussant le bureau contre le mur. Puis l'instituteur retire sa veste et ses chaussures, qu'il va soigneusement déposer dans un coin. Preeti le regarde faire, ironique. Elle-même enlève son *dupatta* et sa tunique, pour combattre en *salwar* et tee-shirt. Les filles prennent place sur les tapis autour d'eux, en public impatient et curieux.

Au milieu de l'arène ainsi constituée, Kumar et Preeti s'avancent l'un vers l'autre. Ils s'observent, se jaugent telles deux bêtes sauvages, deux fauves dont nul ne peut deviner lequel attaquera le premier. Kumar ne quitte pas Preeti des yeux. Il détaille son visage, à l'affût du moindre tressaillement, du moindre battement de paupière qui pourrait annoncer l'offensive. Comme s'il respectait une forme de galanterie, il semble lui laisser la primeur de l'assaut. Preeti ne se fait pas longtemps prier. Elle se jette sur lui, telle une lionne sur une proie qu'elle s'apprête à dévorer. Ils s'empoignent, s'agrippent dans un emportement si vif et si intense qu'on ne peut distinguer ce qui appartient au corps de l'un ou de l'autre. Kumar résiste, contrecarrant la puissance de Preeti par des mouvements souples et habiles. Si la jeune femme est la plus forte, il se révèle le plus agile. Médusées, les filles suivent des yeux cet étrange ballet, dont se dégage une forme de sensualité, par-delà la violence. La danse enfiévrée à laquelle ils se livrent pourrait passer pour une parade nuptiale, un accouplement sauvage et brutal tel qu'on en voit parfois dans les documentaires animaliers.

Kumar entrave Preeti et la met à terre, sans parvenir à l'immobiliser ; durant un bref instant, leurs visages sont si proches qu'on dirait qu'ils vont se toucher. Preeti sent le souffle de Kumar sur sa peau. Elle paraît troublée, tout autant que lui. Profitant d'une infime seconde d'hésitation, elle se dégage brusquement de son étreinte et reprend l'avantage, le faisant tomber à son tour. Ils roulent ensemble sur les tapis, cramponnés, enlacés, sans qu'aucun des deux ne puisse arrêter leur course. Redoublant d'énergie, Preeti se hisse enfin sur Kumar et, dans un ultime effort, pousse un cri de victoire.

Autour d'eux, la troupe est en liesse. Les filles exultent et applaudissent. Kumar baisse les armes : la détermination et la hardiesse de Preeti ont eu raison de lui. Beau joueur, il reconnaît sa défaite et s'apprête à se redresser lorsqu'un hurlement rauque retentit dehors. Tout le monde se fige. Ce qui vient de résonner n'a rien d'une exclamation de joie. C'est un rugissement effroyable, une plainte que l'on croirait venue d'ailleurs, où se mêlent à la fois la douleur et l'effroi.

Kumar et Preeti se précipitent, suivis des filles. Ils sont bientôt rejoints par Léna. Les cris proviennent de la cahute des parents de Janaki, qui jouxte quasiment l'école. Devant l'habitation en bouse séchée, la mère de l'adolescente, la tête entre les mains, hurle comme jamais, auparavant, personne n'a entendu hurler. Sa voix semble jaillir du tréfonds de ses entrailles, d'un territoire intime et souterrain qu'on vient de profaner. Les gens du voisinage sont sortis de chez eux et assistent impuissants à la scène, tandis que le père de Janaki, éploré, tente de calmer sa femme, sous les yeux de leurs enfants pétrifiés.

En avançant, Léna sent son ventre se nouer – elle comprend qu'une tragédie vient de s'abattre sur la famille. C'est une voisine qui annonce la terrible nouvelle : Janaki a été retrouvée morte dans un fossé. Elle a été renversée sur une route, en pleine nuit, alors qu'elle tentait de fuir le domicile de son mari pour revenir au village.

Léna vacille. Kumar et Preeti se précipitent pour l'empêcher de tomber. La mère de Janaki les aperçoit tous trois à cet instant. Elle se met à proférer dans leur direction des phrases pleines de haine et de ressentiment. Tout est de leur faute, hurle-t-elle. S'ils n'avaient pas semé la graine de la révolte dans la tête de sa fille, Janaki serait encore en vie ! Elle aurait accepté son sort comme elle-même l'a fait, et toutes les femmes de leur lignée avant elle ! Elle les tient pour responsables de cette tragédie, et les maudit !

Ces paroles transpercent Léna comme les balles d'un fusil. Preeti voudrait répliquer mais Kumar l'arrête d'un geste – le temps n'est pas à la discorde. Mieux vaut laisser la famille à sa peine et rentrer. Pour une fois, la cheffe ravale son franc-parler. Ils s'apprêtent à regagner l'école, mais Léna ne bouge pas. Elle est anéantie, foudroyée. Elle a besoin d'être seule, dit-elle, besoin de marcher. Kumar et Preeti insistent pour la raccompagner, en vain. Ils n'ont d'autre choix que de la regarder s'éloigner dans les rues du quartier.

Léna se réfugie près de la mer. Elle laisse dans son dos les restaurants aux enseignes colorées qui bordent le littoral, les boutiques d'artisanat et les camelots qui tentent d'attirer les touristes étrangers. Elle s'avance sur la plage, jusqu'à un coin reculé que nul bruit ne vient troubler. Elle observe l'étendue sombre de l'océan devant elle, dont les contours s'effacent dans l'obscurité. Le décor n'est plus ce lieu paisible et familier qu'elle connaît pour l'avoir arpenté de jour. La nuit, c'est un territoire différent, insondable et bien plus inquiétant.

Il suffirait de quelques pas, de quelques pas seulement, pour entrer dans l'eau et nager vers le large. Pour se fondre doucement dans les éléments. La mort, Léna l'a maintes fois envisagée après le drame qui lui a pris François, mais il lui semble pourtant ne l'avoir jamais approchée d'aussi près. Sur sa peau, elle sent son souffle glacé, son haleine chargée d'embruns ; elle entend le bruissement de la marée qui pourrait l'arracher à cette rive et l'entraîner au loin. Elle ne résisterait pas, se laisserait emmener jusqu'à la ligne d'horizon. Et au-delà.

La vie ne tient qu'à un fil, se dit-elle. Si Lalita ne l'avait pas secourue ce jour-là, elle n'aurait jamais créé l'école. Et Janaki, peut-être, serait encore en vie. La mère de l'adolescente a raison : Léna a sa part de responsabilité dans sa disparition. Elle a eu tort de s'aventurer dans ce monde qui n'est pas le sien, tort de vouloir le changer. Janaki a payé le prix de son ambition.

Léna donnerait tout ce qu'elle a pour revenir en arrière, inverser le cours des choses. Elle doit s'effacer, disparaître, rendre la place qu'elle n'aurait jamais dû occuper. Pénétrée de ces sombres pensées, elle s'allonge sur le sable. Le voyage s'arrête là, se dit-elle, au seuil de l'immensité. Elle n'a plus qu'à fermer les yeux et attendre la marée. Elle n'a pas peur, elle est prête. Elle sait que François viendra la chercher.

C'est alors qu'elle la voit. Là, tout à coup, devant elle : une femme à la peau brune, chargée d'un panier. Ses yeux brillent dans l'obscurité. Elle se penche et lui glisse quelques mots à l'oreille, dans une langue que Léna ne parle pas mais qu'elle semble étrangement comprendre. Elle lui dit que son heure n'est pas encore venue ; que sa mission n'est pas terminée ; que son chemin est jalonné d'épreuves mais qu'elle ne doit pas s'en écarter. Cette femme, Léna ne l'a jamais rencontrée mais elle la connaît.

Elle aussi vient de loin. Elle a entrepris un long voyage pour arriver ici, dans cette région où, l'espérait-elle, sa fille aurait une meilleure vie. Elle s'est battue jusqu'à son dernier souffle pour Lalita. Elle veille sur elle, de là où elle est, et lui a envoyé Léna. Celle-ci ne peut faillir maintenant : elle doit l'accompagner, la protéger. Tenir parole. Honorer son serment.

Après ces quelques mots murmurés, l'inconnue se redresse et commence à s'éloigner. Léna voudrait la retenir mais ne parvient pas à bouger. Elle regarde la silhouette s'évanouir dans la nuit tandis qu'une main se pose sur son épaule et vient l'éveiller.

*Chapitre 24*


Léna ouvre les yeux sur la plage. Elle paraît désorientée, comme au retour d'un long voyage, d'une étrange traversée. Penchée sur elle, Lalita la fixe de ses grands yeux noirs. Cette scène, Léna se rappelle l'avoir déjà vécue, le jour où tout a commencé.

Inquiets de ne pas la voir à l'école ce matin, Kumar et Preeti sont partis à sa recherche. C'est Lalita qui l'a finalement retrouvée, allongée sur le sable, à l'endroit même où elles s'étaient rencontrées.

En se redressant, Léna ne dit rien. Elle n'évoque ni son rêve, ni la femme au panier. Aux yeux rougis de Lalita, elle devine qu'elle a appris, pour Janaki. La petite enfouit son visage dans son cou et reste longtemps, contre elle, à pleurer son amie.

Les semaines qui suivent, Léna dérive et sombre. Ses cauchemars reviennent la hanter. Elle se réveille tremblante, saisie de visions terribles : le corps de François étendu, sans vie, au milieu d'une mer de sang dans le hall du collège. Et juste à côté, celui de Janaki. Léna est prise d'attaques de panique, elle a du mal à respirer. Elle se bourre de cachets, pour tenir. Elle donne le change mais le gouffre est là, qui l'aspire.

En classe, elle ne veut rien montrer. Tel un bon petit soldat, elle s'efforce de boucler le programme d'anglais, de faire passer les évaluations de fin d'année. La kermesse initialement prévue avant les grandes vacances, mi-avril, est finalement annulée – en de telles circonstances, personne n'a le cœur à s'amuser.

Pour marquer la fin des cours, Léna convie les familles à l'école, afin de leur montrer les travaux des enfants. Une exposition de dessins est organisée. Les élèves récitent des poèmes, entonnent des chants. À la surprise de tous, le petit Sedhu s'est porté volontaire pour interpréter l'un d'eux. Léna sent un frisson la parcourir tandis que sa voix claire s'élève dans les airs. Une voix d'ange, tutoyant d'autres anges, bien au-dessus de l'assemblée, au-delà des toits du quartier. La gorge nouée, Léna félicite les écoliers pour leur travail, leur recommande de continuer à lire durant leurs deux mois de congés, puis les regarde s'éloigner.

Elle n'a pas le courage de leur dire qu'ils ne se reverront pas à la prochaine rentrée. Qu'elle a décidé de regagner la France et de ne pas revenir. Preeti avait raison : personne n'est fait pour vivre ici. L'Inde a vaincu son endurance et sa volonté. La mort de Janaki a balayé l'enthousiasme, l'énergie, le plaisir d'enseigner qu'elle était parvenue à retrouver. Certes, elle a connu des joies et des satisfactions, mais le prix est trop lourd à payer.

Personne n'est au courant, pas même Preeti. Léna s'en veut de sa lâcheté, qui la fait chaque jour repousser le moment de parler. L'essentiel est que l'école perdure, se dit-elle pour se rassurer – ou peut-être, d'une certaine façon, se dédouaner. Kumar et Preeti prendront le relais ; ils ont assez d'expérience aujourd'hui pour assumer ses fonctions – du moins veut-elle s'en persuader.

En outre, l'ambiance entre eux s'est détendue. L'attitude de Preeti a changé ; elle n'évite plus son collègue, on dirait même qu'elle apprécie sa compagnie – ce dont elle se défend, naturellement. Léna les surprend parfois, après la classe, en train de tester une prise de *nishastrakala* ou une posture de *kalari*. Pour justifier ce revirement, la cheffe argue qu'Usha elle-même s'entraîne avec des hommes : pourquoi donc s'en priver ?... À voir leurs peaux se frôler, leurs mains s'empoigner, leurs souffles se mêler, Léna devine que cette lutte n'est peut-être que l'avant-goût d'une autre étreinte, d'une autre danse, d'une autre fièvre à laquelle ils finiront par s'abandonner, lorsque la carapace de Preeti cédera tout à fait.

La veille de son départ, elle les convie dans un petit restaurant qu'une fille de la brigade lui a recommandé – ici tous n'accueillent pas les *Dalits*, certains refusent de les servir. Léna leur annonce qu'elle s'en va et ne reviendra pas en juillet. Elle a besoin d'une pause. Bien sûr, elle continuera à les aider, à les conseiller à distance. Elle s'occupera des financements, s'assurera que les subventions leur sont versées. Elle sera là, en cas de besoin, à leurs côtés. Kumar ne sait que dire ; fidèle à son habituelle réserve, il reste muet. Preeti, quant à elle, peine à contenir sa colère. Elle dévisage Léna en tremblant. *Tu nous as entraînés avec toi, et maintenant tu nous laisses tomber ?* lui lance-t-elle. Léna reçoit la phrase comme une gifle. Elle tente de se justifier mais cela ne fait qu'exaspérer davantage la jeune femme. *T'es venue te changer les idées, t'as pris ce qui t'intéressait et tu repars chez toi ! Je pensais te connaître mais je me suis trompée... En fait t'es comme les autres étrangers...* À ces mots, Preeti se redresse et désigne durement la sortie : *Tu veux partir ? Vas-y ! On n'a pas besoin de toi ! Casse-toi ! Dégage !* Kumar lui fait signe de se calmer – dans la salle, tous les regards se sont tournés vers eux. Le patron s'apprête à intervenir mais il n'en a pas le temps : Preeti se lève brusquement et quitte l'endroit. Kumar s'élance à sa suite, abandonnant Léna qui se retrouve seule à table, bouleversée.

Toute la nuit, les mots de Preeti tournent dans sa tête : Léna sait que son amie a raison, qu'elle trahit son projet et sa parole en démissionnant ainsi. Elle a honte de n'avoir pas le courage de ses idées. Elle se sent comme le capitaine d'un bateau qui s'enfuit en laissant son équipage couler. Malgré les liens qu'elle a tissés avec Preeti, et tous les moments qu'elles ont partagés, Léna n'a jamais évoqué son passé. Elle n'a pas raconté le drame ni la blessure qu'elle a tenté de colmater en venant ici, et que la disparition de Janaki a ravivée.

Par pudeur peut-être, ou par fierté. Par déni, aussi. Elle a préféré taire ses souffrances, pensant qu'elle pourrait les tenir à distance. Il est trop tard pour revenir en arrière à présent, trop tard pour les confidences.

La veille, elle est allée embrasser Lalita. Elle a longuement contemplé son visage, sa silhouette qui n'est plus celle d'une enfant. Depuis leur rencontre sur la plage, plus de deux ans ont passé. La petite fille au cerf-volant s'est transformée. Elle est belle, si belle avec ses grands yeux noirs, ses cheveux longs et tressés. Elle sait maintenant écrire couramment, en tamoul et en anglais. Elle ne se sépare jamais du carnet que Léna lui a offert : il est devenu l'indispensable outil qui la relie au monde. Elle communique ainsi, par le truchement des mots qu'elle y inscrit. Elle demeure silencieuse mais Léna garde espoir : un jour, elle retrouvera sa voix – elle veut y croire. Dans quelques années, elle obtiendra le baccalauréat, elle se l'est promis, et retournera là-bas, dans le nord du pays, revoir son père. C'est là son vœu le plus cher.

Au moment de partir, Léna a glissé une feuille de papier, pliée en quatre, dans son carnet. Elle savait qu'elle n'aurait pas le courage de lui dire au revoir, alors elle lui a écrit. Une longue lettre que l'adolescente pourra lire et garder. Des mots pour dire qu'elle est désolée. Qu'elle l'aime comme sa fille mais qu'elle ne peut pas rester. Qu'elle la laisse entre de bonnes mains, avec Kumar et Preeti. Qu'auprès d'eux, elle est en sécurité. Elle ajoute qu'elles se reverront un jour, elle le lui promet.

Au matin, Léna quitte la cahute, sa valise à la main. En refermant la porte, elle est prise d'une étrange impression : est-elle en train de partir de chez elle, ou au contraire de rentrer ? Elle ne sait plus ; elle est une apatride, une exilée, une âme perdue entre deux mondes, qui nulle part n'a trouvé sa place.

Le cœur serré, Léna monte dans le taxi qu'elle a commandé. Tandis que celui-ci l'emporte, elle tente de ne pas regarder par la fenêtre la silhouette de l'école, qui décroît rapidement et bientôt, disparaît.

*Chapitre 25*

Lorsque Lalita s'éveille, ce matin-là, dans la chambre exiguë qu'elle partage avec Anbu, au-dessus du *dhaba*, le jour est déjà levé. Le petit garçon n'est plus dans son lit. L'adolescente a les traits tirés ; elle a passé une partie de la nuit à relire la lettre de Léna. Ses mots l'ont plongée dans un profond désarroi. Elle s'apprête à s'enfouir à nouveau sous la couverture lorsque son attention est attirée par des bruits, venant du restaurant, en bas. Généralement, tout est calme à cette heure ; les premiers clients n'arrivent jamais avant midi. Un peu surprise, Lalita se lève, s'habille et quitte la pièce.

Elle descend sur la terrasse, où règne une agitation inhabituelle. Aidée d'Anbu et d'une voisine, Mary s'affaire à dresser une grande table, ainsi qu'un buffet. De la cuisine s'échappent des odeurs de *sambar* et de *biryani*[1] – des plats réservés aux grandes occasions qu'elle n'a pas coutume de préparer. James revient à cet instant, chargé

---

1. Plat à base de riz, de viande et d'épices.

d'une impressionnante cargaison de poissons, certainement achetés au marché – la pêche qu'il rapporte chaque jour de ses voyages en mer excède rarement la moitié.

En la voyant débarquer au milieu de ces préparatifs, Mary s'avance vers Lalita, un sourire mielleux aux lèvres. *J'ai une surprise pour toi,* annonce-t-elle. Étonnée de cette sollicitude – il est rare qu'on lui manifeste tant d'attention –, la jeune fille suit Mary jusqu'à une chambre, où celle-ci la fait pénétrer.

C'est là qu'elle la voit : une robe rouge et dorée, assortie de voilages. Semblable à celle de Janaki, le jour de son mariage.

Dans le hall des départs qu'elle a si souvent arpenté, Léna présente son billet et son passeport au comptoir d'enregistrement. Elle abandonne sa valise au dépose-bagages et se dirige vers la longue file d'attente menant aux contrôles de sécurité quand son portable se met à sonner. Elle décroche : c'est Kumar. Il paraît affolé. *Lalita est là*, crie-t-il, *à l'école ! Elle s'est enfuie de chez James et Mary ! Ils ont prévu de la marier, au dhaba, aujourd'hui !* Léna se fige. *Je passais prendre des livres, je l'ai trouvée dans la cour...* poursuit l'instituteur. À cet instant résonne un bruit de moteur, suivi de portières qui claquent. Léna entend une respiration saccadée, une cavalcade, des interjections. Au bout du fil, Kumar se met à hurler.

*Ils sont là ! James et ses cousins... Ils sont venus la cher-cher !... On s'est enfermés dans la classe... Preeti est partie, je n'arrive pas à la joindre !* Léna sent monter la panique. *Allô ?... Kumar ?!...* Mais il ne répond plus. Autour de lui, Léna perçoit un tumulte, l'écho de coups sur une porte, le fracas de vitres brisées... Elle ne peut qu'imaginer la scène, impuissante et terrifiée.

C'est alors qu'il retentit. Un cri, un hurlement, qui brise des années de silence, de soumission, de renoncements. Cette voix, Léna ne l'a jamais entendue mais elle la reconnaît pourtant, en un instant. Elle n'a pas besoin de mot, pas besoin de phrase pour l'identifier. Cette voix, c'est Lalita. Elle le sait.

Oubliant alors le bagage qu'elle vient d'enregistrer et l'avion censé la ramener en France, Léna entreprend de remonter la file des passagers, dont certains l'invectivent furieusement, et se précipite vers la sortie.

Dans le taxi qui l'emporte en direction du village, elle tente de joindre Preeti. La jeune cheffe ne répond pas. Après trois appels, elle finit par décrocher. Elle est au milieu d'une manifestation, souffle-t-elle, avec les filles de la brigade... Léna ne la laisse pas continuer : elle raconte Kumar et Lalita enfermés à l'école, la supplie de rentrer au plus vite – elle-même est en chemin. Réagissant au quart de tour, Preeti promet de foncer.

Durant le trajet qui la ramène à Mahäbalipuram, Léna se maudit d'avoir abandonné son poste. James a dû longuement préparer son projet. Il a attendu la fin de l'année scolaire et le départ de Léna pour le mettre à exécution – il savait qu'elle s'y opposerait. L'affaire a été planifiée, préméditée. Une trahison, savamment orchestrée.

En mariant Lalita, il se débarrasse définitivement d'elle : depuis l'arrivée d'Anbu, elle ne lui est plus d'aucune utilité. Elle est un fardeau, une personne de plus à nourrir, à loger. Il ne doit pas même avoir mauvaise conscience, se dit Léna. Comme tous les chefs de famille du village, il est sûrement convaincu de son bon droit, certain qu'il accomplit son devoir en la plaçant sous l'autorité et la protection d'un mari. Son changement de religion n'a modifié ni ses coutumes, ni ses convictions : qu'il adore Jésus ou Shiva, il est le produit d'une tradition enracinée depuis des siècles dans sa communauté.

Il a dû âprement négocier, discuter de longues heures avec les parents du futur marié pour ramener la dot à une somme dérisoire. Une orpheline, une gosse abandonnée, la fille d'une videuse de latrines et d'un chasseur de rats… Léna imagine aisément les arguments qu'il a invoqués pour la céder à peu de frais. Elle s'en veut de n'avoir rien vu venir, de n'avoir pas anticipé cette ultime traîtrise du tenancier.

Quand elle parvient enfin à l'école, elle trouve Kumar au milieu de la cour, entouré des filles de la brigade qui viennent juste d'arriver. L'instituteur a le visage tuméfié. *Ils ont défoncé la porte*, explique-t-il, accablé. *J'ai essayé de résister mais ils étaient trop nombreux... Ils l'ont emmenée.*

Il ne faut qu'une seconde à Preeti pour donner le signal. D'un geste, elle ordonne à sa troupe de remonter en selle. *Toutes au dhaba !* Léna se précipite, elle vient aussi ! Kumar s'élance également, malgré son état. Hors de question qu'il reste ici ! Il grimpe derrière une lieutenante, tandis que l'escadron démarre et prend la direction de la mer, dans un nuage de fumée.

Dans la rue du *dhaba*, décoré pour l'occasion de fleurs et de guirlandes en papier, de nombreux véhicules sont déjà stationnés. Des invités patientent sur la terrasse, en attendant la jeune mariée. Les scooters de la brigade arrivent dans un vacarme assourdissant, et se garent devant le restaurant.

Entourée d'une escorte musclée qui ne lui laisse aucun espoir de s'enfuir, Lalita paraît au bras de James. Elle est vêtue de la robe rouge et or, trop grande pour elle, que Mary a dû emprunter pour la journée à une tante ou à une voisine. Non loin de là se tient son futur époux, un homme d'une trentaine d'années, qui la regarde s'avancer en détaillant sa silhouette et ses traits. Lalita semble terrifiée. On dirait une biche prise dans les faisceaux d'un phare, sur une route, en pleine nuit. Dans une main, elle serre la poupée de Phoolan Devi, souvenir de ses parents, que Mary s'entête à lui faire lâcher tandis que le pandit l'attend, d'un air impatient.

Soudain, une armada de combattantes en rouge et noir surgissent et se jettent sur James et ses cousins. Un observateur étranger pourrait croire à un hold-up ou à quelque opération de l'armée. Usant de leurs pieds et de leurs poings, Preeti et sa troupe renversent le tenancier, qui tombe de tout son poids sur le buffet, entraînant dans sa chute les nombreux plats préparés pour l'occasion. Les autres hommes de l'assemblée tentent de s'interposer mais les lieutenantes n'ont pas peur d'en découdre. Kumar n'est pas en reste non plus. Les techniques du *nishastrakala* et du *kalari* réunies se révèlent d'une redoutable efficacité. La terrasse se transforme vite en arène. Laissant libre cours à sa colère, Preeti se bat comme une lionne. Au milieu de la mêlée, Léna parvient à rejoindre Lalita et la prend dans ses bras. Tant bien que mal, elle l'entraîne en direction de la sortie, tandis que Preeti va récupérer la poupée qu'elle arrache des mains de Mary, tétanisée.

D'un sifflement puissant, la cheffe rappelle alors ses troupes et ordonne le repli. En un éclair, les filles vident les lieux, regagnent leurs engins. Léna fait monter Lalita entre elle et Preeti. Hors de lui, James tente de les rattraper mais elles s'éloignent déjà. Il les couvre d'insultes, et hurle qu'il ne veut plus jamais revoir Holy de sa vie. La suite, les filles ne l'entendent pas. La cheffe appuie sur l'accélérateur et tourne au bout de la rue, les emportant à tout jamais loin du *dhaba*.

Sur le scooter lancé à pleine vitesse, Léna est prise d'un étrange sentiment : celui d'avoir trouvé une famille. Elle sent la frêle silhouette de Lalita blottie contre elle, la puissante énergie de Preeti qui les entraîne. Elles sont là, toutes les trois, entamées mais en vie. Trois combattantes, trois rescapées, trois guerrières. Chacune a traversé l'enfer et lui a survécu. Pas besoin d'avoir le même sang pour être sœur, fille ou mère, songe Léna. Elle se dit que la vie ne tient qu'à un fil, un fil de cerf-volant tenu par une enfant. Un fil qui les relie, à présent.

# ÉPILOGUE

*« Vous n'êtes pas votre pays, votre race,
votre religion. Vous êtes votre propre moi
avec ses espoirs, et l'assurance de posséder
la liberté. Trouvez ce moi, attachez-vous à
lui et vous serez sauf et en sécurité. »*

Le Grand Maharadjah, *Less is more.*

Dans le *Mahabharata*, poème épique de l'Inde ancienne, il est raconté que Krishna fut blessé à la guerre, en combattant contre le roi Shishupal. Alors que son doigt saignait, son adepte Draupadi s'empressa de déchirer un morceau de tissu et de le nouer autour de son poignet pour arrêter l'hémorragie. En reconnaissance de ce geste, Krishna promit de lui accorder sa protection inconditionnelle.

De cette histoire est née la fête de *Raksha Bandhan*, célébrée chaque année lors de la pleine lune du mois de Shravana, à la fin août. On l'appelle communément le

201

festival des frères et sœurs. Si, traditionnellement, la sœur offre un bracelet à son frère en signe d'affection, la coutume s'est étendue à tous les liens de fraternité entre deux êtres humains.

Pour l'occasion, Preeti a revêtu un sari. D'ordinaire peu féminine, arborant invariablement son uniforme de combat, elle paraît transformée. Pour Léna, les filles ont tenu à coudre un *salwar kameez* qu'elles finissent d'ajuster, avant de lui passer un collier de fleurs autour du cou. En se voyant ainsi apprêtée, Léna se sent émue : cette tenue est bien plus qu'une coquetterie, elle le sait. C'est une façon de lui dire : tu es des nôtres, tu fais partie de cette communauté.

La cérémonie commence par l'allumage d'une petite bougie. Debout en face de Léna, Preeti noue à son poignet un *rakhi*, un petit cordon tissé. Selon la tradition, il est considéré comme sacré et matérialise le lien entre elles, désormais indéfectible. Preeti récite ensuite des vœux, lui souhaitant bonne santé et prospérité, avant d'apposer sur son front un *tilak*, une marque de couleur qui lui portera chance et bonheur.

Il ne s'agit pas d'un simple hommage à leur amitié, mais d'une véritable adoption : par ce rituel, Preeti et Léna deviennent sœurs. La jeune cheffe a perdu la sienne, il y a des années. Elle en retrouve une aujourd'hui. En sanskrit, *raksha* signifie « protection »,

202

et *bandhan* « attacher ». Le lien qui les unit transcende celui de leur naissance, leur appartenance à un pays ou à une religion.

Autour d'elles sont réunis les filles de la brigade, les élèves de l'école et leurs parents, ainsi qu'une partie des habitants du quartier, dont la présence donne à l'événement un tour étrangement solennel.

Après Preeti vient Lalita : elle a également un bracelet pour Léna. Elle aussi l'a choisie, désignée. Léna sourit, bouleversée. Elle songe qu'après tant d'épreuves, la vie lui fait un cadeau. Quelle étrange ironie : elle qui n'a jamais eu d'enfant se voit aujourd'hui adoptée. Elle que le drame a dépossédée de celui qu'elle aimait a retrouvé un clan, une famille. Elle qui dérivait entre deux continents est à présent solidement arrimée.

Après le sauvetage de Lalita, elle n'est pas repartie en France. Elle a pris la décision de rester vivre ici. La jeune fille a besoin d'elle, à ses côtés. Comme il était impensable d'agrandir les cahutes, Léna s'est mise en quête d'un endroit où elles pourraient s'installer toutes les trois. En se baladant près de la mer, elle a repéré un terrain, et songe à y bâtir une maison. L'espace n'est pas très grand mais il offre une belle vue – et le site est par chance dépourvu de cobras.

Ce ne sera jamais la Bretagne, jamais le golfe du Morbihan dont elle rêvait avec François mais celui du

Bengale, rugueux et brûlant, une terre aussi âpre et insondable que le cœur de ses habitants. Si un adage hindou affirme que le monde n'est jamais ce qu'il paraît, celui-ci, assurément, n'a pas encore livré tous ses secrets.

Du sentiment d'être écartelée entre deux mondes, entre deux vies, Léna a compris la nécessité d'être soi-même son propre refuge, son abri. Ce qu'elle possède tient désormais dans une valise, à l'image de cette gibecière que les bonzes reçoivent lors de leur ordination : en signe de renoncement aux biens matériels, ils ne doivent rien garder de plus que ce qu'elle peut contenir. Léna a fait le deuil de sa vie passée, de sa vie rêvée, comme d'une certaine idée d'elle-même. Elle s'est délestée de toutes les choses qui lui paraissaient essentielles. Elle sait à présent qu'elle a trouvé sa place, qu'elle n'a plus besoin de chercher. Elle se dit que l'air est à elle, que la lumière, le ciel et la terre, les arbres, les couleurs, les senteurs, le lever du soleil sur la mer sont à elle. Que ces enfants sont les siens. Qu'elle appartient au monde comme il lui appartient.

Chaque matin, elle se poste dans la cour pour voir arriver ses élèves. Depuis la rentrée, l'école compte des nouvelles recrues, trois petits du quartier. Un peu intimidés les premiers jours, ils n'ont pas mis longtemps à s'intégrer. Il faudra bientôt ouvrir une deuxième classe, se dit Léna. Elle sait qu'il y aura d'autres combats, d'autres drames sans doute, d'autres mariages, d'autres Anbu dans d'autres *dhabas*, mais aussi d'autres victoires et d'autres joies.

Pour l'heure, elle veut seulement penser à ces enfants qui jouent autour du grand banyan ; il lui semble que la vie est là, tout entière dans leurs rires, dans leurs cheveux ébouriffés, dans leurs dessins, dans leurs chants, dans leurs cerfs-volants de papier. Elle songe à la vie qui l'entraîne et l'emporte, tel un fleuve impétueux, indifférente à ses tourments. La vie qui continue malgré tout, malgré absolument tout.

La vie, toujours, malgré tout.

## REMERCIEMENTS

À Juliette Joste et Olivier Nora pour leur confiance, ainsi qu'à toute l'équipe des éditions Grasset.

À Jacques Monteaux, pour son amitié et sa générosité, qui ont nourri l'écriture de ce roman.

À Hélène Guilleron et Ganpat, qui ont accepté de me raconter leur histoire.

À Mukesh, pour son aide si précieuse.

À Sarah Kaminsky, pour sa bienveillance et son soutien constant.

À Fatima Pires, pour l'entretien qu'elle m'a accordé.

À Laurence Daveau, pour ses conseils avisés.

À mes parents, mes lecteurs de la première heure.

Et à Oudy, chaque jour à mes côtés.

Cet ouvrage a été imprimé
par CPI Brodard & Taupin
pour le compte des éditions Grasset
à La Flèche (Sarthe)
en septembre 2021

Mise en pages PCA, 44400 Rezé

*Grasset* s'engage pour
l'environnement en réduisant
l'empreinte carbone de ses livres.
Celle de cet exemplaire est de :
**400 g éq. CO$_2$**
PAPIER À BASE DE    Rendez-vous sur
FIBRES CERTIFIÉES  www.grasset-durable.fr

N° d'édition : 22172 – N° d'impression : 3045249
Première édition, dépôt légal : juin 2021
Nouveau tirage, dépôt légal : septembre 2021
*Imprimé en France*